柳柳州文鈔

［唐］柳宗元 撰
［明］茅坤 選評

拾瑶叢書

上册

文物出版社

圖書在版編目（CIP）數據

柳柳州文鈔 / (唐) 柳宗元撰 ; (明) 茅坤選評. --
北京 : 文物出版社, 2020.7
（拾瑶叢書 / 鄧占平主編）
ISBN 978-7-5010-6440-3

Ⅰ. ①柳… Ⅱ. ①柳… ②茅… Ⅲ. ①中國文學 – 古典文學 – 作品綜合集 – 唐代 Ⅳ. ①I214.232

中國版本圖書館CIP數據核字(2019)第269464號

柳柳州文鈔　〔唐〕柳宗元　撰　〔明〕茅坤　選評

主　　編：鄧占平
策　　劃：尚論聰　楊麗麗
責任編輯：李縉雲　劉良函
責任印製：蘇　林

出版發行：文物出版社
社　　址：北京市東直門内北小街2號樓
郵　　編：100007
網　　址：http://www.wenwu.com
郵　　箱：web@wenwu.com
經　　銷：新華書店
印　　刷：藝堂印刷（天津）有限公司
開　　本：710mm × 1000mm　1/16
印　　張：40
版　　次：2020年7月第1版
印　　次：2020年7月第1次印刷
書　　號：ISBN 978-7-5010-6440-3
定　　價：260.00圓（全二册）

前言

《柳柳州文鈔》七卷，唐柳宗元撰，明茅坤選評。明末朱墨套印本。每半頁八行，行十八字，四周單邊，白口，無魚尾。

柳宗元（七七三—八一九），字子厚，河東解縣（今山西運城）人，世稱『柳河東』。唐德宗貞元九年（七九三）擢進士第，十四年（七九八）又登博學宏詞科，授集賢殿正字，十七年（八〇一）調藍田尉，十九年（八〇三）拜監察御史裏行。與王叔文友善，及王叔文主政，擢禮部員外郎，參與革新政治。叔文敗，宗元被貶永州司馬。憲宗元和十年（八一五）徙柳州刺史，故人稱『柳柳州』，事迹詳見《唐書》本傳。爲文簡古淡泊，雄深雅健，乃唐宋八大家之一。辛文房《唐才子傳》謂柳宗元曰：『公天才絶倫，文章卓偉，一時輩行，咸推仰之。工詩，語意深切。發纖穠於簡古，寄至味於淡泊，非餘子所及也。司空圖論之曰：「梅止於酸，鹽止於鹹，飲食不可無，而其美常在酸鹹之外，可以一唱而三嘆也。子厚詩在陶淵明下，韋應物上。退之豪放奇險則過之，而温厲靖深，不及也。」』

茅坤（一五一二—一六〇一），字順甫，號鹿門，歸安（今浙江吴興）人，明末儒將茅元儀的祖父，嘉靖十七年（一五三八）進士。他提倡學習唐宋古文，編選《唐宋八大家文抄》，與王慎中、唐順之、歸有光等同爲『唐宋派』。有《白華樓藏稿》，刻本罕見。行世者有《茅鹿門集》，事迹見《明史·文苑傳》。

關於柳集的編撰，《新唐書·藝文志》著録《柳宗元集》三十卷。《宋史·藝文志》著録同。《郡齋讀書志》著録《柳宗元集》三十卷，《集外文》一卷。卧雲本《郡齋讀書志》則作《柳宗元集》四十五卷，《集外文》二卷。《直齋書録解題》卷十六著録《柳柳州集》四十五卷，《外集》二卷，并云：『劉禹錫作序，言編次其文三十二通，退之之志若祭文，附第一通之末。今世所行本皆四十五卷，非當時本也，或云沈元用所傳穆伯長本。』又據《四庫全書總目》柳氏《河東先生集四十五卷外集二卷》提要：『宗元集爲劉禹錫所編，其後卷目增損，在宋時已有四本：一則三十三卷，爲元符間京師開行本；一則曾丞相家本；一則晏元獻家本；一則此四十五卷之本，出自穆修家，云即禹錫原本。』可知宗元集最初爲劉禹錫編次，四十五卷本是宋時通行的版本。

本書底本爲茅坤選評的明末朱墨套印本，卷首有茅坤《柳柳州文鈔引》，述及柳州文章統序、風格及編選本集事宜：『而柳州則間出乎《國語》及《左氏春秋》諸家矣。其深醇渾雄或不如昌黎，而其勁悍泬寥，抑亦千年以來曠音也……予録書啓三十五首，序傳十七首，記二十八首，論議辯十四首，説贊雜著十八首，碑銘墓碣及誄表祭文十九首，厘爲七卷。』每卷前有本卷細目，後綴正文，全書共七卷。卷一、二爲書，卷三爲啓、序，卷四爲傳、記，卷五爲記、論議辯，卷六爲問答、説贊、雜著，卷七爲碑銘墓版碣誄表狀祭文。卷一卷端頂格題『柳文卷之一』，未署名，次行低兩格題首篇篇名。版心上題『柳文卷一』，版心下題頁碼。正文有茅氏圈點，天頭有眉批，篇末有段評，評語手寫上版。正文書風瘦長，文中句讀及點讀、欄外段評及文後總評均爲套色，朱墨燦然。

中國國家圖書館　徐慧

二〇一九年十二月

柳柳州文鈔引

昌黎韓退之崛起八代之衰又得柳柳州相為羽翼故此唱彼和譬之噴嘯山谷一呼一應可謂盛已昌黎之文得諸六藝及孟軻楊雄者為多而柳州則閒出乎國語及

左氏春秋諸家矣其深醇渾雄或不如昌黎而其勁悍泬寥柳亦千年以來曠音也予故讀許京兆蕭翰林諸書似與司馬子長答任少卿書相上下欲為捧卷纍欷者久之鈷鉧潭記杳然神遊沅湘之上

若將憑虛御風也已竒矣哉予錄
書啓三十五首序傳十七首記二
十八首論議辯十四首說贊雜著
十八皆碑銘墓碣及誄表祭文十
九首釐為七卷按柳州平淮雅與
鐃歌及五七言詩什於諸家中尤

擅所長予校而録之者特文也故不及歸安鹿門茅坤題

栁文目録卷之一

書

柳文目録卷之一終

柳文卷之一

與李翰林建書

杓直足下。州傳遽至。得足下書。又於夢得處得足下前次一書。意皆勤厚。莊周言逃蓬藋者聞人足音。則跫然喜。僕在蠻夷中。比得足下二書。及致藥餌。喜復何言。僕自去年八月來。痞疾稍已。往時間一二日作。今一月乃二三作。用南人檳榔餘甘破決。壅隔大過。陰邪雖敗。已傷正氣。

云云固可悲亦可吊何其言之

行則膝顫。坐則髀痺。所欲者補氣豐血。強筋骨。輔心力。有與此宜者。更致數物。得良方偕至益善。永州於楚爲最南。狀與越相類。僕悶卽出遊。游復多恐。涉野則有蝮虺大蜂。仰空視地。寸步勞倦。近水卽畏射工沙虱。含怒竊發。中人形影。動成瘡痏。時到幽樹好石。暫得一笑。已復不樂。何者。譬如囚拘圜土。一遇和景。負牆搔摩。伸展支體。當此之時。亦以爲適。然顧地窺天。不過尋

不自廣也

王荆石曰堯人即堯氏避太宗諱

丈。終不得出。豈復能久爲舒暢哉。明時百姓皆獲歡樂。僕士人頗識古今理道。獨愴愴如此。誠不足爲理世下執事至比愚夫愚婦。又不可得竊自悼也。僕曩時所犯。足下適在禁中。備觀本末。不復一一言之。今僕癃殘頑鄙。不死幸甚。苟爲堯人。不必立事程功。唯欲爲量移官。差輕罪累。即便耕田蓺麻。取老農女爲妻。生男育孫。以供力役。時時作文。以詠太平。摧傷之餘。氣力可

人生如白駒過隙不可不自悟

想。假令病盡已。身復壯。悠悠人世。不過爲三十年客耳。前過三十七年。與瞬息無異。復所得者。其不足把翫。亦已審矣。杓直以爲誠然乎。僕近求得經史諸子數百卷。嘗候戰悸稍定時。即伏讀。頗見聖人用心。賢士君子立志之分。著書亦數十篇。心病。言少次第。不足遠寄。但用自釋。貧者士之常。今僕雖羸餒。亦甘如飴矣。足下言已白常州煦僕。僕豈敢衆人待常州耶。若衆人即不復昫僕矣。然常州未嘗有書遺僕。僕安敢先焉。裴應叔蕭思謙。僕各有書足下求取觀之。相戒勿示人。敦詩在近地簡人事。令不能致書足下。默以此書見之勉盡志慮。輔成一王之法。以宥罪戾不悉。某白。

予覽子厚書由貶謫永州以後大較並從司馬遷答任少卿及楊惲報孫會宗書中來故其爲書多悲愴嗚咽之旨而其辭氣

環詭跌宕譬之聽胡笳聞塞曲令人斷腸
者也至其中所論文章必本之乎道當與
昌黎並驅故録其可誦者二十九首

寄許京兆孟容書

宗元再拜五丈座前伏蒙賜書誨諭微悉重厚欣踊恍惚疑若夢寐捧書叩頭悸不自定伏念得罪來五年未嘗有故舊大臣肯以書見及者何則罪謗交積羣疑當道誠可怪而畏也是以兀兀忘行尤負重憂殘骸餘魂百病所集痞結伏積不食自飽或時寒熱水火互至內消肌骨非獨瘴癘爲也忽奉教命乃知幸爲大君子所

既犯公議又異事曲爲撫飾

亦箇中情事

肓。欲使膏肓沉没。復起爲人。夫何素望敢以及此。宗元早歲與負罪者親善。始奇其能。謂可以共立仁義。裨教化。過不自料。懃懃勉勵。唯以中正信義爲志。以興堯舜孔子之道。利安元元爲務。不知愚陋。不可力彊。其素意如此也。末路阨塞臲卼。事既壅隔、很忤貴近。狂疎繆戾。蹈不測之辜。羣言沸騰。鬼神交怒。加以素卑賤、暴起領事。人所不信。射利求進者。填門排戶。百不一得。

此人事恐并自已亦在其中

一旦快意更造怨讟以此大罪之外誣訐萬端

私心并出

旁午構扇便爲敵讐協心同攻外連彊暴失職

此必有指

者以致其事此皆丈人所聞見不敢爲他人道

說懷不能已復載簡牘此人雖萬被誅戮不足

塞責而豈有賞哉今其黨與幸獲寬貸各得善

地無公事坐食俸祿明德至渥也尚何敢更俟

除棄廢痼以希望外之澤哉年少氣鋭不識幾

微不知當不但欲一心直遂果陷刑法皆自所

予孚輸服六世所難

求取得之。又何怪也。宗元於衆黨人中。罪狀最甚。神理降罰。又不能即死。猶對人言語。求食自活。迷不知耻。日復一旦。然亦有大故。自以得姓來二千五百年。代爲冢嗣。今抱非常之罪。居夷獠之鄉。卑濕昏霧。恐一日塡委溝壑。曠墜先緒。以是怛然痛恨。心骨沸熱。煢煢孤立。未有子息。荒陬中少士人女子。無與爲婚。世亦不肯（竊惑）與罪人親昵。以是嗣續之重。不絶如縷。每常春秋時

王荆石曰可悲

墓寫悲痛千古罕及

後世讀之亦為悲楚

饗子立捧奠顧眄無後繼者懍懍然欷歔惴惕
恐此事便已摧心傷骨若受鋒刃此誠丈人所
共憫惜也先墓在城南無異子弟爲主獨托村
隣自譴逐來消息存亡不一至鄉閭主守者固
以益怠晝夜哀憤懼便毀傷松栢芻牧不禁以
成大戾近世禮重拜埽今已闕者四年矣每遇
寒食則北向長號以首頓地想田野道路士女
遍滿皂隸庸丐皆得上父母丘墓馬醫夏畦之

鬼無不受子孫追養者。然此已息望。又何以云哉。城西有數頃田樹果數百株。多先人手自封植。今已荒穢。恐便斬伐。無復愛惜。家有賜書三千卷。尚在善和里舊宅。宅今已三易主。書存亾不可知。皆付受所重。常繫心腑。然無可爲者。立身一敗。萬事瓦裂。身殘家破。爲世大僇。復何敢更望大君子撫慰收䘏。尚置人數中耶。是以當食不知辛醎節適。洗沐盥漱。動逾歲時。一搔皮膚。塵垢滿爪。誠憂恐悲傷。無所告愬。以至此也。自古賢人才士。秉志遵分。被謗議不能自明者。僅以百數。故有無兄盜嫂。娶孤女云撾婦翁者。然賴當世豪傑。分明辨別卒光史籍。管仲遇盜。升爲功臣。匡章被不孝之名。孟子禮之。今已無古人之實。爲而有詬。欲望世人之名已。不可得也。直不疑買金以償同舍。劉寬下車歸牛鄉人。此誠知疑似之不可辯。非口舌所能勝也。鄭詹

子厚所自痛切處

摟古之盪垢滌瑕者以自擬

束縛於晉。終以無死。鍾儀南音。卒獲返國。叔向囚虜。自期必免。范痤騎危。以生易死。蒯通據鼎耳。爲齊上客。張蒼韓信伏斧鑕。終取將相。鄒陽獄中。以書自活。賈生斥逐。復召宣室。倪寛擯死。後至御史大夫。董仲舒劉向下獄當誅。爲漢儒宗。此皆瓌偉傳辨奇壯之士。能自解脫。今以恇怯淟涊。下才末伎。又嬰恐懼痼病。雖欲慷慨攘臂。自同昔人。愈踈闊矣。賢者不得志於今。必取

一着
解一本作辨
以下二一打轉

貴於後。古之著書者。皆是也。宗元近欲務此然力薄才劣。無異能解。雖欲秉筆覼縷。神志荒耗。前後遺忘。終不能成章。往時讀書。自以不至觝滯。今皆頑然。無復省錄。每讀古人一傳。數紙已後。則再三伸卷。復觀姓氏。旋又廢失。假令萬一除刑部囚籍。復爲士列。亦不堪當世用矣。伏惟興哀於無用之地。垂德於不報之所。但以通家宗祀爲念。有可動心者。操之勿失。不敢望歸掃

應子息
應丘墓

此數字眼前不得己路頭

塋域。退託先人（應譸居）之廬。以盡餘齒。始遂少北。益輕瘴癘。就婚娶。求胤嗣。有可付託。即冥然長辭。如得北寂。無復恨矣。書辭繁委。無以自道。然即文以求其志。君子固得其肺肝焉。無任懇戀之至。不宣。

子厚最失意家得意書可與太史公與任安書相參而氣似嗚咽蕭颯矣

王荆石曰長篇未加洗澤然才氣勃涌去先秦較近

與楊京兆憑書

月日宗元再拜。獻書丈人役人胡要返命。奉教誨。壯厲感發。鋪陳廣大。上言推延賢雋之道。難於今之世。次及文章。末以愚蒙剥喪頓悴。無以守宗族復田畝爲念。憂憫備極。不惟其親密故舊是與。復有公言顯賞。許其素尚。而激其忠誠者。用是踊躍敬懼。類嚮時所被簡牘。萬萬有加焉。故敢悉其愚以獻左右。大凡薦舉之道。古人之所謂難者。其難非苟一而已矣。知之難。言之難。聽信之難。夫人有有之而耻言之者。有有之而樂言之者。有無之而工言之者。有無之而不言。似有之者。有之而耻言之者。上也。雖舜猶難知之。孔子亦曰。失之子羽。下斯而言。知而不失者。妄矣。有之而言之者。次也。德如漢光武。馮衍不用。才如王景略。以尹緯爲令史。是皆終日號鳴大吒。而卒莫之省。無之而工言者。賊也。趙括

唐荊川曰只是叙薦舉一段文字爲勝

得以代廉頗馬謖得以惑孔明今之若此類者不乏於世將相大臣聞其言而必能辨之者亦妄矣無之而不言者土木類也周仁以重臣爲二千石許靖以人譽而致位三公近世尤好此類以爲長者最得薦寵夫言朴愚無害者其於田野鄉閭爲匹夫雖稱爲長者可也自抱關擊柝以往則必敬其事愈上則及物者愈大何事無用之朴哉今之言曰某子長者可以爲大官

類非古之所爲長者也。則必土木而已矣。夫捧土揭木。而致之巖廊之上。蒙以紱冕。翼以徒隸。趨走其左右。豈有補於萬民之勞苦哉。聖人之道。不益於世用。凡以此也。故曰知之難。孔子曰。仁者其言也訒。孟子病未同而言。然則彼未吾信。而吾告之以士。必有三間。是將曰。彼誠知士歟。知文歟。疑之而未重。一間也。又曰。彼無乃私好歟。交以利歟。二間也。又曰。彼不足我而惎我

王荆石曰不復切切此古文活竅

哉。茲咈吾事。三間也。畏是而不言。故曰言之難

言而有是患。故曰聽信之難。唯明者爲能得其

所以薦。得其所以聽。一不至。則不可冀矣。然而

君子不以言聽之難。而不務取士。士理之本也。

苟有司之不吾信。吾知之不捨。其必有信吾者

矣。苟知之。雖無有司。而士可以顯。則吾一旦操

用人之柄。其必有施矣。故公卿之大任。莫若索

士。士不預備而熟講之。卒然君有問焉。宰相有

咨焉。有司有求焉。其無所以應之。則大臣之道或闕。故不可憚煩。今之世言士者先文章。文章士之末也。然立言存乎其中。即末而操其本。可十七八。未易忽也。自古文士之多。莫如今。今之後生爲文。希屈馬者。可得數人。希王褒劉向之徒者。又可得十人。至陸機潘岳之比。累累相望。若皆爲之不已。則文章之大盛。古未有也。後代乃可知之。今之俗耳庸目。無所取信。傑然特異者。乃見此耳。丈人以文律通流當世。叔仲鼎列。天下號爲文章家。今又生敬之。敬之希屈馬者之一也。天下方理平。今之文士。咸能先理。理不一斷於古書。老生直趣堯舜大道。孔氏之志。明而出之。又古之所難有也。然則文章未必爲士之末。獨采取何如耳。宗元自小學爲文章。中間幸聯得甲乙科第。至尚書郎。專百官章奏。然未能究知爲文之道。自貶官來無事。讀百家書。上

下馳騁。乃少得知文章利病。去年吳武陵來。美
其齒少。才氣壯健。可以興西漢之文章。日與之
言。因爲之出數十篇書。庶幾鏗鏘陶冶。時時得
見古人情狀。然彼古人亦人耳。夫何遠哉。凡人
可以言古。不可以言今。桓譚亦云。親見揚子雲。
容貌不能動人。安肯傳其書。誠使博如莊周。哀
如屈原。奥如孟軻。壯如李斯。峻如馬遷。富如相
如。明如賈誼。專如揚雄。猶爲今之人。則世之高

名言

王荆石曰應前愚蒙剥喪頹瘁

者至少矣。由此觀之。古之人。未必不薄於當世而榮於後世也。若吳子之文。非丈人無以知之。獨恐世人之才高者。不肯久學。無以盡訓詁風雅之道。以爲一世甚盛。若宗元者。才力缺敗。不能遠騁高厲。與諸生摩九霄。撫四海。夸耀於後之人矣。何也。凡爲文以神志爲主。自遭責逐。繼以大故。荒亂耗竭。又常積憂恐。神志少矣。所讀書。隨又遺忘。一二年來。痞氣尤甚。加以衆疾。動

唐荊川曰敘得踈暢

以下答念己意

作不常。眊眊然騷擾。內生霾霧。填擁慘沮。雖有
意窮文章。而病奪其志矣。每聞人大言。則蹶氣
震怖。撫心按膽。不能自止。又永州多火災。五年
之間。四爲大火所迫。徒跣走出。壞牆穴牖。僅免
燔灼。書籍散亂毀裂。不知所往。一遇火恐累日
茫洋。不能出言。又安能盡意於筆硯。矻矻自苦。
以傷危敗之魂哉。中心之悃愊鬱結。具載所獻
許京兆丈人書。不能重煩於陳列。凡人之黜棄

皆望望思得效用。而宗元獨以無有是念。自以罪大不可解。才質無所入。苟焉以叙憂慄爲幸。敢有他志。伏以先君禀孝德。秉直道。高於天下。仕再登朝。至六品官。宗元無似。亦嘗再登朝至六品矣。何以堪此。且柳氏號爲大族。五六從以来。無爲朝士者。豈愚蒙獨出數百人右哉。以是自忖。官已過矣。寵已厚矣。夫知足與知止異。宗元知足矣。若便止不受祿位。亦所未能。今復得好官。猶不辭讓。何也。以仁望人。尚足自進。如其不至。則故無憾。進取之志息矣。身世子然。無可以爲家。雖甚崇寵之。孰與爲榮。獨恨不幸。獲託姻好而早凋落。寡居十餘年。嘗有一男子。然無一日之命。至今無以託嗣續。恨痛常在心目。孟子稱不孝有三。無後爲大。今之汲汲於世者。唯懼此而已矣。天若不棄先君之德。所有世嗣。或者猶望延壽命以及大宥。得歸鄉閭。立家室。則子道畢矣。過是而猶競於寵利者。天厭之。天厭之丈人旦夕歸朝廷。復爲大僚。伏惟以此爲念。流涕頓顙。布之座右。不勝感激之至。

文不如前書而中所自爲嗚咽涕洟亦相似故併録之

與蕭翰林俛書

思謙兄足下。昨祁縣王師範過永州為僕言。得張左司書。道思謙蹇然有當官之心。乃誠助太平者也。僕聞之喜甚。然微王生之說。僕豈不素知耶。所喜者。耳與心叶。果於不謬焉爾。僕不幸。嚮者進當臲卼不安之勢。平居閉門。口舌無數。況又有久與游者。乃岌岌而操其間。其求進而退者。皆聚為仇怨。造作粉飾。蔓延益肆。非的然昭晰自斷於內。則孰能了僕於冥冥之間哉。然僕當時年三十三。甚少。自御史裏行得禮部員外郎。超取顯美。欲免世之求進者。怪怒媢嫉。其可得乎。凡人皆欲自達。僕先得顯處。才不能踰同列。名不能壓當世。世之怒僕宜也。與罪人交十年。官又以是進。辱在附會。聖朝弘大。貶黜甚薄。不能塞衆人之怒。謗語轉移。囂囂嗷嗷。漸成怪民。飾智求仕者。更言僕以悅讎人之心。日爲新奇務相喜可自以速援引之路而僕輩坐益困辱萬罪橫生不知其端伏自思念過大恩甚乃以致此悲夫人生少得六七十者今已三十七矣長來覺日月益促歲歲更甚大都不過數十寒暑則無此身矣是非榮辱又何足道云云不已秖益爲罪兄知之勿爲他人言也居蠻夷中久慣習炎毒昏眊重膇意以爲常忽遇北風晨起薄寒中體則肌革慘懍毛髮蕭條瞿然注

可悲

異鄉之情摹寫殆盡

王荊石曰倒句法

覩。怵惕以爲異候意緒殆非中國人楚越間聲音特異鴂舌啅譟今聽之怡然不怪已與爲類矣家生小童皆自然嘵嘵晝夜滿耳聞北人言。則啼呼走匿雖病夫亦怛然駭之出門見適州閭市井者其十有八九杖而後與自料居此尚復幾何豈可更不知止言說長短重爲一世非笑哉讀周易困卦至有言不信尚口乃窮也往復益喜曰嗟乎余雖家置一喙以自稱道詬益

求望之切

甚耳。用是更樂瘖默。思與木石爲徒。不復致意。今天子興教化。定邪正。海內皆欣欣怡愉。而僕與四五子者。獨淪陷如此。豈非命歟。命乃天也。非云云者所制。余又何恨。獨喜思謙之徒。遭時言道。道之行。物得其利。僕誠有罪。然豈不在一物之數耶。身被之。目覩之。足矣。何必攘袂用力。而矜自我出耶。果矜之。又非道也。事誠如此。然居理平之世。終身爲頑人之類。猶有少耻。未能

[眉批：自喜之言]

盡忘。儻因賊平慶賞之際，得以見白，使受天澤餘潤，雖朽枿敗腐不能生植，猶足蒸出芝菌，以爲瑞物。一釋廢錮，移數縣之地，則世必曰罪稍解矣。然後收召魂魄，買土一廛爲耕甿，朝夕謌謡，使成文章，庶木鐸者采取，獻之法宮，增聖唐大雅之什。雖不得位，亦不虛爲太平之人矣。此在望外，然終欲爲兄一言焉。宗元再拜。

[批：一悲一笑令人破涕]

王訓石四驛論甚美詞亦雋潔可誦

與太學諸生喜詣闕留陽城司業書

二十六月集賢殿正字柳宗元。敬致尺牘太學諸生足下。始朝廷用諫議大夫陽公爲司業。諸生陶煦醇懿。熈然大洽于兹四祀而已。詔書出爲道州。僕時通籍光範門。就職書府。聞之悒然不喜。非特爲諸生戚戚也。乃僕亦失其師表。而莫有所矜式焉。既而署吏有傳致詔草者。僕得觀之。蓋主上知陽公甚熟。嘉美顯寵。勤至備厚。

本色引証嘆要

乃知欲煩陽公宣風裔土。覃布美化于黎獻也。遂寬然少喜如獲慰薦于天子休命。然而退自感悼幸生明聖不諱之代。不能布露所蓄。論列大體。聞于下執事。冀少見採取而還陽公之南也。翌日退自書府。就車于司馬門外。聞之於抱關掌管者。道諸生愛慕楊公之德教。不忍其去。頓首西闕下。懇悃至願。乞留如故者百數十人。輒用撫手喜甚。震忭不寧。不意古道復形于今

子厚此書意在疏導諸生何以攬入故訕者之

僕嘗讀李元禮嵇叔夜傳。觀其言太學生徒。仰闕赴訴者。僕謂訖千百年。不可覯聞。乃今日聞而覩之。誠諸生見賜甚盛。於戲。始僕少時。嘗有意遊太學。受師說。以植志持身焉。當時說者咸曰。太學生聚爲朋曹。侮老慢賢。有墮窳敗業而利口食者。有崇飾惡言而肆鬬訟者。有凌傲長上而誶罵有司者。其退然自克。特殊於衆人者無幾耳。僕聞之。恂駭怛悸。良痛其遊聖人之門。

而衆爲是喈喈也。遂退託鄉閭家塾。考厲志業。
過太學之門。而不敢蹻顧。尚何能仰視其學徒
者哉。今乃奮志厲義。出乎千百年之表。何聞見
之乖刺歟。豈說者過也。將亦時異人異無嚮時
之禁害者耶。其無乃陽公之漸漬導訓明效所
致乎。夫如是服聖人遺教。居天子太學。可無愧
矣。於戲。陽公有博厚恢弘之德。能容善僞來者
不拒曩聞有狂惑小生依託門下。或乃飛文陳

愚醜行無賴而論者以爲言。謂陽公過於納汙無人師之道。是大不然。仲尼吾黨狂狷。南郭獻譏。曾參徒七十二人。致禍負芻。孟軻館齊。從者竊屨。彼一聖兩賢人繼爲大儒。然猶不免。如之何其拒人也。俞扁之門。不拒病夫。繩墨之側。不拒枉材。師儒之席。不拒曲士。理固然也。且陽公之在于朝。四海聞風。仰而尊之。貪冒苟進邪薄之夫。庶得少沮其志。不遂其惡。雖微師尹之位。

而人實具瞻焉。與其宣風一方。覃化一州。其功之遠近。又可量哉。諸生之言。非獨爲己也。於國體實甚宜。願諸生勿得私之。想復再上。故少佐筆端耳。勗此良志。俾爲史者有以紀述也。努力多賀。柳宗元白。

意氣淋漓

林次崖曰折倒漣州吏懸得說氣健語正讀之令人痛快機軸自李斯逐客論來

極似國語文

與崔饒州論石鍾乳書

宗元白。前以所致石鍾乳非良。聞子敬所餌與此類。又聞子敬時憒悶動作。宜以爲未得其粹美。而爲麤礦燥悍所中。懼傷子敬醇懿。仍習謬誤。故勤勤以云也。再獲書辭。辱徵引地理證驗。多過數百言。以爲土之所出乃良。無不可者。是將不然。夫言土之出者。固多良而少不可。不謂其咸無不可也。草木之生也依於土。然即其類也。而有居山之陰陽。或近水。或附石。其性移焉。又況鍾乳直產於石。石之精麤疎密。尋尺特異。而穴之上下。土之厚薄。石之高下不可知。則其依而產者。固不一性。然由其精密而出者。則由然而清烱然而輝。其竅滑以夷。其肌廉以微。食之使人榮華溫柔。其氣宣流。生胃通腸。壽善康寧。心平意舒。其樂愉愉。由其麤疎而下者。則奔突結澁。乍大乍小。色如枯骨。或類死灰。淹顇不發聾齒積顙重濁頑璞食之使人偃蹇壅鬱泄火生風戕喉癢肺幽關不聽心煩喜怒肝舉氣剛不能和平故君子甚焉恥其色之美而不必唯土之信以求其至精凡為此也幸子敬餌之近不至於是故可止禦也必若土之出無不可者則東南之竹箭雖旁岐揉曲皆可以貫犀革北山之木雖離奇液樠空中立枯者皆可以梁百尺之觀航千仞之淵冀之北土馬之所生凡

其大耳短脰拘攣踠跌薄蹄而曳者皆可以勝百鈞馳千里雍之塊璞皆可以備砥礪徐之糞壤皆可以封大社荊之茅皆可以縮酒九江之元龜皆可以卜泗濱之石皆可以擊考若是而不大謬者少矣其在人也則魯之晨飲其羊關轂而輠輪者皆可以爲師儒盧之沽名者皆可以爲太醫西子之里惡而矉者皆可以當侯王山西之冐没輕儳沓貪而忍者皆可以鑿凶門

茅瓚曰此引往以明乃正意故以此終焉

茅瓚曰下始興二字是倚字說言不必服此藥更爲上品於理

制閫外。山東之稚騃樸鄙，力農桑，啖棗栗者，皆可以謀謨於廟堂之上。若是則反倫悖道甚矣。何以異於是物哉。是故經中言丹砂者，以類芙蓉而有光。言當歸者，以類馬尾蠶首。言人參者，以人形。黄芩以腐腸。附子八角，甘遂赤膚，類不可悉數。若異土宜乃善，則云生某所不當。又云某者良也。又經註曰：始興爲上，次乃廣連，則不必服。正爲始興也。今再三爲言者，唯欲得其英

尤勝足屈其辨上而辨論已盡此再結之

精。以固子敬之壽。非以知藥石角技能也。若以服餌。不必稱巳。姑務勝人而夸辯博。素不望此於子敬。其不然明矣。故畢其說。宗元再拜。

唐順之曰博喻文非不古然亦有蹊逕

王荊石曰馳騁弘辯精光射人

與李睦州服氣書

二十六日。宗元再拜。前四五日。與邑中可與遊者。遊愚溪上池西小丘。坐柳下。酒行甚歡。坐者咸望。兄不能俱。以爲兄由服氣以來。貌加老而心少歡愉。不若前去年時。是時旣言皆沮。然眄睞思有以已。兄用斯術而未得路。間一日。僕陽吳武陵最輕健先作書道天地日月黃帝等下及列仙方士皆死狀。出于餘字。頗甚快辯。伏覩

唐荆川曰此雖亦有蹊逕然有生意矣

兒貌笑口順而神不偕來及食時竊覘和糅燥濕與啖飲多寡猶自若是兒陽德其言而陰黜其忠也若古之強大諸侯然負固恃力敵至則諾去則肆是不可變之尢者也攻之不得則宜濟師今吳子之師已遭諾而退矣愚敢厲銳擐堅鳴鍾鼓以進決於城下惟兒明聽之凡服氣之大不可者吳子已悉陳矣悉陳而不變者蕪他以服氣書多美言以為得恒久大利則又妄

提破

得弃吾美言大利而從他人之苦言哉今愚甚吶不能多言大凡服氣之可不死歟不可歟壽歟夭歟康寧歟疾病歟若是者愚皆不言但以世之兩事已所經見者類之以明兄所信書必無可用愚幼時嘗嗜音見有學操琴者不能得碩師而偶傳其譜讀其聲以布其爪指蚤起則嘐嘐譊譊以逮夜又增以脂燭燭不足則諷而鼓諸席如是十年以爲極工出至大都邑操於

衆人之座。則皆得大笑曰。嘻何清濁之亂而疾舒之乖歟。卒大慙而歸。及年少長則嗜書又見有學書者。亦不能得碩書。獨得國故書。伏而攻之。其勤若向之爲琴者。而年又倍焉。出曰。吾書之工。能爲若是。知書者又大笑曰是形縱而理逆。卒爲天下棄。又大慙而歸。是二者皆極工而反棄者。何哉無所師而徒狀其文也。其所不可傳者。卒不能得。故雖窮日夜。弊歲紀。愈遠而不近也。今兄之所以爲服氣者。果誰師耶。始者。獨見兄傳得氣書於盧尊所。伏讀三兩日。遂用之其次得氣訣於李計所。又參取而大施行焉。是書是訣。遵與計。皆不能知。然則兄之所以學者。無碩師矣。是與向之兩事者。無毫末差矣。宋人有得遺契者。密數其齒曰。吾富可待矣。兄之術或者其類是歟。兄之不信。今使號於天下曰。孰爲李睦州友者。今欲已睦州氣術者左袒不欲者右袒。則凡兄之友。皆左袒矣。則又號曰。孰爲李睦州客者。今欲巳睦州氣術者左袒。不欲者右袒。則凡兄之客皆左袒矣。則又以是號於兄之宗族。皆左袒矣。號姻婭。則左袒矣。入而號之閨門之內。子姓親昵。則子姓親昵。皆左袒矣。下之號於臧獲僕妾。則臧獲僕妾。皆左袒矣。出而號於素爲將率胥吏者。則將率胥吏。皆左袒矣。則又之天下號曰。孰爲李睦州讐者。今欲巳睦州氣術者左袒不欲者右袒則凡兄之讐者皆右袒矣然則利害之源不可知也友者欲久存其道客者欲久存其利宗族姻婭欲久存其戚閨門之內子姓親昵欲久存其恩臧獲僕妾欲久存其主將率胥吏欲久存其勢讐欲速去其害兄之爲是術凡今天下欲兄久存者皆懼而欲兄速去者獨喜兄爲而不已則是背親而與讐夫背親而與讐不及中人者皆知其爲大戾

纔收拾

而兄安焉。固小子之所懍懍也。兄其有意乎卓然自更。使讐者失望而懍。親者得欲而怍。則愚願椎肥牛。擊大豕。封群羊。以爲兄饍。窮隴西之麥。殫江南之稻。以爲兄壽。鹽東海之水以爲鹹。醯敖倉之粟以爲酸。極五味之適。致五藏之安。心恬而志逸。貌美而身胖。醉飽謳歌。愉懌訢歡。流聲譽於無窮。垂功烈而不刊。不亦肯哉。孰與去味以即淡。去樂以即愁。悴悴焉膚日皺。肌日

王荊石曰末精緊

應轉篇首强大諸侯一段

虛守無所師之術尊不可傳之書悲所愛而慶所憎徒曰我能堅壁拒境以爲強大是豈所謂強而大也哉無任疑懼之甚

林希元曰以上數作俱小題無大關係而規模更宏遠韓集中少此文最工然篇末權斗一段似漫溷子厚每〻文到縱橫時便露此態

林次崖曰此譏
已不敢爲師

以李斯書作李

答韋中立論師道書

二十一日宗元白。辱書云欲相師。僕道不篤。業甚淺近。環顧其中。未見可師者。雖嘗好言論爲文章。甚不自是也。不意吾子自京師來蠻夷間。乃幸見取。僕自卜固無取。假令有取。亦不敢爲人師。爲衆人師且不敢。況敢爲吾子師乎。孟子稱人之患。在好爲人師。由魏晉氏以下。人益不事師。今之世。不聞有師。有輒譁笑之以爲狂人。

王荆石曰畢竟可以壓韓

獨韓愈奮不顧流俗。犯笑侮。收召後學。作師說。因抗顏而爲師。世果羣怪聚罵。指目牽引。而增與爲言詞。愈以是得狂名。居長安。炊不假熟。又挈挈而東。如是者數矣。屈子賦曰。邑犬羣吠。吠所怪也。僕往聞庸蜀之南。恒雨少日。日出則犬吠。予以爲過言。前六七年。僕來南。二年冬。幸大雪。踰嶺。被南越中數州。數州之犬皆蒼黃。吠噬狂走者累日。至無雪乃已。然後始信前所聞者。

馮叔吉曰蜀日越雪之喻意味家深其憤世習俗之情特借韓愈以洩忿耳故予厚云云

今韓愈既自以爲蜀之日而吾子又欲使吾爲越之雪不以病乎非獨見病亦以病吾子然雪與日豈有過哉顧吠者犬耳度今天下不吠者幾人而誰敢衒怪於羣目以召鬧取怒乎僕自謫過以來益少志慮居南中九年增脚氣病漸不喜鬧豈可使呶呶者早暮咈吾耳騷吾心則固僵仆煩憒愈不可過矣平居望外遭齒舌不少獨欠爲人師耳抑又聞之古者重冠禮將以

此段承上接下詞亦婉曲且占

責成人之道是聖人所尤用心者也數百年來人不復行近有孫昌胤者獨發憤行之既成禮明日造朝至外廷薦笏言於卿士曰某子冠畢應之者咸憮然京兆尹鄭叔則怫然曳笏却立曰何預我耶廷中皆大笑天下不以非鄭尹而怪孫子何哉獨爲所不爲也今之命師者大類此吾子行厚而辭深凡所作皆恢恢然有古人形貌雖僕敢爲師亦何所增加也假而以僕年

地步

林次崖曰以上言已不敢為師

先吾子。聞道著書之日不後。誠欲往來言所聞。則僕固願悉陳中所得者。吾子苟自擇之。取其事。去其事。則可矣。若定是非以教吾子。僕材不足。而又畏前所陳者。其為不敢也決矣。吾子前所欲見吾文。既悉以陳之。非以耀明於子。聊欲以觀子氣色。誠好惡何如也。今書來言者皆大過。吾子誠非佞譽誣諛之徒。直見愛甚。故然耳。始吾幼且少。為文章以辭為工。及長。乃知文者

王荆石曰分明避其名居其實

之意此下言生平之所自得者以示之蓋雖不敢當師之名而所以教之者大要不出此矣

以明道是固不苟爲炳炳烺烺務采色夸聲音而以爲能也凡吾所陳皆自謂近道而不知道之果近乎遠乎吾子好道而可吾文或者其於道不遠矣故吾每爲文章未嘗敢以輕心掉之懼其剽而不留也未嘗敢以怠心易之懼其弛而不嚴也未嘗敢以昏氣出之懼其昧沒而雜也未嘗敢以矜氣作之懼其偃蹇而驕也抑之欲其奥揚之欲其明疏之欲其通廉之欲其節

激而發之欲其清固而存之欲其重此吾所以羽翼夫道也本之書以求其質本之詩以求其恒本之禮以求其宜本之春秋以求其斷本之易以求其動此吾所以取道之原也參之穀梁氏以厲其氣參之孟荀以暢其支參之莊老以肆其端參之國語以博其趣參之離騷以致其幽參之太史以著其潔此吾所以旁推交通而以爲之文也凡若此者果是耶非耶有取乎抑

林次崖曰此應上擇取某事去某事意

其無恥乎吾子幸觀焉擇焉有餘以告焉苟亟來以廣是道子不有得焉則我得矣又何以師云爾哉恥其實而去其名無招越蜀吠怪而爲外廷所笑則幸矣宗元復白

子厚諸書中惟處亦其生平所爲文大指處

子厚中所論文章之旨未敢必能盡如其所云要之亦本於鑱心研神者而後之爲

柳文目録卷之二

書

與友人論文書
與顧十郎書
與裴塤書
答吳秀才謝示新文書
復杜温夫書
答貢士廖有方論文書
答韋珩示韓愈相推以文墨事
答貢士沈起書

報袁君陳秀才避師名書

上李夷簡相公書

答元饒州論政理書

柳文目録卷二 終

王荊石曰理正而詞雄

柳文卷之二

答周君巢書

奉二月九日書。所以撫教甚具。無以加焉。丈人用文雅。從知巳。日以惇大府。之政甚適。東西來者。皆曰。海上多君子。周為倡焉。敢再拜稱賀。宗元以罪大擯廢。居小州。與囚徒為朋。行則若帶纆索。處則若關桎梏。彳亍而無所趨。拳拘而不能肆。槁焉若枿。隤焉若璞。其形固若是。則其中

乃舊作方

爲仙者只管一
已長生不管一

者可得矣然由未嘗背道鬼神等事今丈人乃
盛譽山澤之臞者以爲壽且神其道若與堯舜
孔子似不相類焉何哉又曰餌藥可以久壽將
分以見與固小人之所不欲得也嘗以君子之
道處焉則外愚而内益智外訥而内益辯外柔
而内益剛出焉則外内若一而時動以取其宜
當而生人之性得以安聖人之道得以光獲是
而中雖不至耆老其道壽矣今夫山澤之臞於

切世間
王荆石曰平鋪
叙處時韻之古
文皆然

我無有焉視世之亂若理視人之害若利視道之悖若義我壽而生彼夭而死固無能動其肺肝焉昧昧而趨屯屯而居浩浩若有餘掘草烹石以私其筋骨而日以益愚他人莫利已獨以愉若是者愈千百年滋所謂夭也又何以爲高明之圖哉宗元始者講道不篤以蒙世顯利動獲大僇用是奔竄禁錮爲世之所詬病凡所設施皆以爲戾從而吠者成羣已不能明而況人

乎然苟守先聖之道。由大中以出。雖萬受擯弃。不更乎其内。大都類往時京城西。與丈人言者。愚不能政。亦欲丈人固往時所執。推而大之。不爲方士所惑。仕雖未達。無忘生人之患。則聖人之道幸甚。其必有陳矣。不宣。

此子厚不好仙家者之言然太倨且君子以其術延年却病未必無可取者

與韓愈致段太尉逸事書

退之前者書進退之力史事。奉答誠中吾病若疑不得實。未即籍者。諸皆是也。退之平生。不以不信見遇。竊自冠。好遊邊上。問故老卒吏。得段太尉事最詳。今所趨走州刺史崔公。時賜言事。又具得太尉實跡。參校備具。太尉大節。古固無有。然人以爲偶一奮。遂名無窮。今大不然。太尉自有難在軍中。其處心未嘗虧側。其莅事無一

王荆石曰珍重

不可紀。會在下。名未達。以故不聞。非直以一時取笏為諒也。史遷死。退之復以史道在職。宜不苟過日時。昔與退之期為史。志甚壯。今孤囚廢錮。連遭瘴癘羸頓。朝夕就死。無能為也。第不能竟其業。若太尉者。宜使勿墜。太史遷言荊軻徵夏無且。言大將軍。徵蘇建言畱侯。徵畫容貌。今孤囚賤辱。雖不及無且建等。然比畫工傳容貌。尚差勝春秋傳所謂傳信傳著。雖孔子亦猶是也。竊自以爲信且著。其逸事有狀。

文自鏗鏘鼓舞

首尾二千言如一線然强合乎道者
王荆石曰跳宕類太史公

與楊誨之疏解車義第二書

張操來致足下四月十八日書。始復去年十一月書言説車之説。及親戚相知之道。是二者吾於足下固具焉不疑。又何逾歲時而乃克也。徒親戚不過欲其勤讀書。決科求仕。不爲大過如斯已矣。告之而不更。則憂。憂則思復之。復之而又不更。則悲。悲則憐之。何也。戚也。安有以堯舜孔子所傳者。而往責焉者哉。徒相知。則思責以堯舜孔子所傳者就其道施於物斯已矣告之而不更則疑疑則思復之復之而又不更則去之何也外也安有以憂悲且憐之之志而強役焉者哉吾於足下固具是二道雖百復之亦將不已況一二敢怠於言乎僕之言車也以內可以守外可以行其道今子之說曰柔外剛中子何取於車之䟽耶果爲車柔外剛中則未必不爲弊車果爲人柔外剛中則未必不爲恒人夫

剛柔無常位皆宜存乎中有召焉者在外則出應之應之咸宜謂之時中然後得名爲君子必曰外恒柔則遭夾谷武子之臺及爲蹇蹇匪躬以華君心之非莊以莅乎人君子其不克歟中恒剛則當下氣怡色濟濟切切哀矜淑問之事君子其卒病歟吾以爲剛柔同體應變若化然後能志乎道也今子之意近是也其號非也内可以守外可以行其道吾以爲至矣而子不欲

焉。是吾所以惕惕然憂且疑也。今將申告子以
古聖人之道。書之言堯曰。允恭克讓。舜曰。溫
恭允塞。禹聞善言則拜。湯乃改過不悋（與吝同）。高宗曰。
啟乃心。沃朕心。惟此文王小心翼翼。日昃不暇
食。坐以待旦。武王引天下誅紂。而代之位。其意
宜肆。而曰予小子不敢荒寧。周公踐天子之位。
捉髮吐哺。孔子曰。言忠信。行篤敬。其弟子言曰。
夫子溫良恭儉讓以得之。今吾子曰。自度不可

唐荆川曰大辨
不醇雅

能也然則自堯舜以下與子果異類耶樂放弛而愁檢局雖聖人與子同聖人能求諸中以厲乎已久則安樂之矣子則肆之其所以異乎聖者在是決也若果以聖與我異類則自堯舜以下皆宜縱目卬鼻四手八足鱗毛羽鬛飛走變化然後乃可苟不爲是則亦人耳而子舉將外之耶若然者聖自聖賢自賢衆人自衆人咸任其意又何以作言語立道理千百年天下傳道

之。是皆無益於世。獨遺好事者。藻繢文字以矜世取譽。聖人不足重也。故曰。中人以上可以語上。唯上智與下愚不移。吾以子近上智。今其言曰。自度不可能也。則子果不能爲中人以上耶。吾之憂且疑者以此。凡儒者之所取大莫尚孔子。孔子七十而縱心。彼其縱之也。度不踰矩而後縱之。今子年有幾。自度果能不踰矩乎。而遽樂於縱也。傳説曰。唯狂克念作聖。今夫狙猴之處山呌呼跳梁。其輕躁狠戾異甚。然得而縶之。未半日。則定坐求食。唯人之爲制。其或優人得之加鞭箠。狎而擾焉。跪起趨走。咸能爲人所爲者未有一焉。狂奔掣頓。踣斃自絕。故吾信夫狂之爲聖也。今子有賢人之資。反不肯爲狂之克念者。而曰我不能。捨子其孰能乎。是孟子之所謂不爲也。非不能也。凡吾之致書爲說車。皆聖道也。今子曰。我不能爲車之說。但當則法聖道而内無愧。乃可長久。嗚呼。吾車之說。果不爲聖道耶。吾以内可以守。外可以行其道告子。今子曰。我不能蓊蓊拘拘。以同世取榮。吾豈教子爲蓊蓊拘拘者哉。子何考吾說車之不詳也。吾之所云者。其道自堯舜禹湯高宗文王武王周公孔子皆由之。而子不謂聖道。抑以吾爲與世同波。工爲蓊蓊拘拘者。以是教已。固迷吾文而懸定吾意。甚不然也。聖人不以人廢言。吾雖少時

與世同波。然未嘗翦翦拘拘也又子自言處衆
中。偪則擾攘。欲棄去不敢。猶勉強與之居。苟能
是。何以不克爲車之說耶。忍汚雜囂譁。尚可恭
其體貌。遜其言辭何故不可吾之說。吾未嘗爲
佞且僞。其旨在於恭寬退讓。以售聖人之道及
乎人。如斯而已矣。堯舜之讓。禹湯高宗之戒。文
王之小心。武王之不敢荒寧。周公之吐握。孔子
之六十九未嘗縱心。彼七八聖人者所爲若是

豈恒媿於心乎。慢其貌。肆其志。淊洋而後言。偃蹇而後行。道人是非。不顧齒類。人皆心非之。曰是禮不足者。甚且見罵。如是而心反不媿耶。聖人之禮讓。其且爲僞乎。爲佞乎。今子又以行險爲車之罪。夫車之爲道。豈樂行於險耶。度不得已而至乎險。期勿敗而已耳。夫君子亦然。不求險而利也。故曰。危邦不入。亂邦不居。國無道。其默足以容。不幸而及於危亂。期勿禍而已耳。且子以及物行道爲是耶。非耶。伊尹以生人爲己任。管仲釁浴以伯濟天下。孔子仁之。凡君子爲道。捨是宜無以爲大者也。今子書數千言。皆未及此。則學古道。爲古辭。冗然而措於世。其卒果何爲乎。是之不爲。而甘羅終軍以爲慕。棄大而錄小。賤本而貴末。夸世而釣奇。苟求知於後世。以聖人之道。爲不若二子。僕以爲過矣。彼甘羅者。左右反覆。得利棄信。使秦背燕之親。已而反

此必未言中所

捨

與趙合。以致危於燕。天下是以益知秦無禮不信。視函谷關。若虎豹之窟。羅之徒實使然也。子而慕之。非夸世歟。彼終軍者。誕譎險薄。不能以道匡漢主好戰之志。視天下之勞。若觀蟻之移穴。翫而不戚。人之死於胡越者。赫然千里。不能諫而又縱踴之。已則決犯奮怒。掉強越。挾淫夫以媒老婦。欲蠱奪人之國。智不能斷而俱死焉。是無異盧狗之遇嗾。音叟呀呀而走。不顧險阻。唯嗾者之從。何無已之心也子而慕之非釣奇歟二小子之道。吾不欲吾子言之。孔子曰。是聞也。非達也。使二小子及孔子氏曾不得。與於琴張叔皮狂者之列。是固不宜以爲的也。且吾子之要於世者。處耶出耶。主上以聖明。進有道。與大化。枯槁伏匿。縲錮之士。皆思踴躍洗沐。期輔堯舜。萬一有所不及。丈人方用德藝。達於邦家。爲大官以立於天下。吾子雖欲爲處。何可得也。則固出而巳矣。將出於世而仕。未二十而任其心。吾爲子不取也。馮婦好搏虎。卒爲善士。周處狂橫。一旦改節。皆老而自克。今子素善士。年又甚少。血氣未定。而忽欲爲阮咸嵇康之所爲。守而不化。不肯入堯舜之道。此甚未可也。吾意足下所以云云者。惡佞之尤。而不恍於恭耳。觀過而知仁。彌見吾子之方其中也。其乏者。獨外之圓耳。屈子曰。懲於羮者而吹虀。吾子其類是歟。佞之惡。而恭反得罪。聖人所貴乎中者。能時其時也。苟不適其道。則肆與佞同。山雖高水雖下其爲險而害也。要之不異。足下當取吾說車。申而復之。非爲佞而利於險也。明矣。吾子惡乎佞。而恭且不欲。今吾又以圓告子。則圓之爲號。固子之所宜甚惡。方於恭也。又將千百焉。然吾所謂圓者。不如世之突梯苟冒以矜利乎己者也。固若輪焉。非特於可進也。銳而不滯。亦將於可退也。

安而不挫欲如循環之無窮不欲如轉丸之走下也乾健而運離麗而行夫豈不以圓克乎而惡之也吾年十七求進士四年乃得舉二十四求博學宏詞科二年乃得仕其間與恒人為羣輩數十百人當時志氣類足下時遭訕罵詬辱不為之面則為之背積八九年日思摧其形鋤其氣雖甚自折挫然已得號為狂疎人矣及為藍田尉畱府庭旦暮走謁於大官堂下與卒伍

無別居曹。則俗吏滿前。更說買賣。商筭贏縮。又二年爲此。度不能去。益學老子。和其光。同其塵。雖自以爲得。然已得號爲輕薄人矣。及爲御史郎官。自以登朝廷。利害益大。愈恐懼。思欲不失色於人。雖戒礪加切。然卒不免爲連累廢逐。猶以前時遭狂疎輕薄之號。既聞於人。爲恭讓未洽。故罪至而無所明之。到永州七年矣。蚤起遑遑。追思咎過。往來甚熟。講堯舜孔子之道亦熟。

益知出於世者之難自任也今足下未爲僕嚮所陳者宜乎欲任巳之志此與僕少時何異然循吾嚮所陳者而由之然後知難耳今吾先盡陳者不欲足下如吾更訕辱被稱號巳不信於世而後知慕中道費力而多害故勤勤焉云爾而不已也子其詳之熟之無徒爲煩言往復幸甚又所言書意有不可者令僕專專爲掩匿覆蓋之愼勿與不知者道此又非也凡吾與子往

復。皆爲言道。道固公物。非可私而有。假令子之言非是。則子當自求暴揚之。使人皆得刺列。卒采其可者。以正乎己。然後道可顯達也。今乃專欲覆葢掩匿。是固自任其志而不求益者之爲也。士傳言。庶人謗於道。子產之鄉校不毀。獨何如哉。君子之過。如日月之蝕。又何葢乎。是事吾不能奉子之教矣。幸悉之。足下所爲書言文章極正。其辭奧雅。後來之馳於是道者。吾子且爲

凡爲文戒用古人舊語

蒲梢駃騠，何可當也。其說韓愈處甚好。其他但用莊子國語文字太多。反累正氣。果能遺是，則大善矣。憂閔廢錮，悼籍田之罷。意思懇懇。誠愛我厚者。吾自度罪大。敢以是爲欣且戚耶。但當把鋤荷鍤，決溪泉爲圃以給茹。其隙則浚溝池藝樹木。行歌坐釣望青天白雲，以此爲適。亦足老死無戚戚者。時時讀書。不忘聖人之道，已不能用，有我信者，則已告之。朝廷更宰相來政事盍修。丈人日夕還北闕。吾待子郭南亭上。期口言不久矣。至是當盡吾說。今因道人行。粗道大旨如此。宗元白。

唐荊川曰按說事詞義不皆粹然大旨不外是矣書詞頗汗漫以其間多名故取之

唐荊川曰子厚之文多雄辯而此篇尤其卓犖峭直處不如昌黎渾厚

與韓愈論史官書

文如貫珠

正月二十一日。某頓首十八丈退之侍者。前獲書言史事云。具與劉秀才書。及今乃見書藁。私心甚不喜。與退之往年言史事甚大謬。若書中言。退之不宜一日在館下。安有探宰相意。以爲諷苟以史筆榮一韓退之耶。若果爾。退之豈宜虛受宰相榮已。而冒居館下近密地。食奉養。役使掌故。利紙筆爲私書。取以供子弟費。古之志於

林次崖曰據理之言雖孟子之辨亦不過是學者宜熟玩之

顧廻瀾曰退之亦是不易服的子學反覆攻辨責得不可逃而步驟馳騁藏鋒不露讀之自有

道者。不宜若是。且退之以爲紀錄者有刑禍。避不肯就。尤非也史以名爲褒貶。猶且恐懼不敢爲。設使退之爲御史中丞大夫。其褒貶成敗人愈益顯。其宜恐懼由大也。則又將揚揚入臺府。美食安坐。行呼唱於朝廷而巳耶。在御史猶爾設使退之爲宰相。生殺出入。升黜天下士。其敵益衆。則又將揚揚入政事堂。美食安坐。行呼唱於內庭外衢而巳耶。何以異不爲史。而榮其號。

滋味

利其祿者也。又言不有人禍，則有天刑。若以罪夫前古之爲史者。然亦甚惑。凡居其位。思直其道。道苟直。雖死不可回也。如回之。莫若亟去其位。孔子之困于魯衛陳宋蔡齊楚者。其時暗。諸侯不能以也。其不遇而死。不以作春秋故也。當其時。雖不作春秋。孔子猶不遇而死也。若周公史佚。雖紀言書事。猶遇且顯也。又不得以春秋爲孔子累。范曄悖亂。雖不爲史。其族亦赤。司馬

舊本事一作士誠一作識

王劃石曰一劃萬鈞々力

遷觸天子喜怒班固不檢下崔浩其直以鬭暴虜皆非中道左丘明以疾盲出於不幸子夏不爲史亦盲不可以是爲戒其餘皆不出此是退之宜守中道不忘其直無以他事自恐退之之恐唯在不直不得中道刑禍非所恐也凡言二百年文武事多有誠如此者今退之曰我一人也何能明明則同職者又所云若是後來繼今者又所云若是人人皆曰我一人則卒誰能紀

王荊石曰：凜凜正論，令人愧屈。

林次崖曰：此以生平所自負者

傳之耶如退之徂以所聞知。孜孜不敢怠。同職者。後來繼今者。亦各以所聞知。孜孜不敢怠。則庶幾不墜。使卒有明也。不然。徒信人口語。每每異辭。日以滋久。則所云磊磊軒天地者。未必不沉沒。且亂雜無可考。非有志者所忍恣也。果有志。豈當待人督責迫蹙。然後爲官守耶。又凡鬼神事。眇茫荒惑無可準。明者所不道。退之之智而猶懼於此。今學如退之。辭如退之。好言論如

責之

此意言既不爲則當去中上豈宜虛受宰相榮已之意

呂雅山曰收煞東語警末

退之。慷慨自爲正直。行行焉如退之。猶所云若是。則唐之史述。其卒無可託乎。明天子賢宰相。得史才如此。而又不果。甚可痛哉。退之宜更思。可爲速爲。果卒以爲恐懼不敢。則一日可引去。又何以云行且謀也。今當爲而不爲。又誘館中他人及後生者。此大惑已。不勉已而欲勉人。難矣哉。

唐荆川曰提甚原書辨處有顯有晦錯

宗忒文

與劉禹錫論周易九六說書

見與董生論周易九六義取老而變。以爲畢中和承一行僧得此說。異孔穎達疏。而以爲新奇。彼畢子董子。何膚末於學而遽云云也。都不知一行僧承韓氏孔氏說。而果以爲新奇。不亦可笑矣哉。韓氏注乾之策二百一十有六。曰乾一爻。三十有六策。則是取其過揲四分而九也。坤之策。一百四十有四。曰坤一爻。二十四策。則是取其過揲四分而六也。孔頴達等作正義論云。九六有二義。其一者曰。陽得兼陰。陰不得兼陽。其二者曰。老陽數九。老陰數六。二者皆變用。周易以變者占。鄭玄注易。亦稱以變者占。故云九六也。所以老陽九。老陰六者。九過揲。得老陽。六過揲。得老陰。此具在正義乾篇中。周簡子之說亦若此而又詳備。何畢子董子之不睬其書。而妄以口承之也。君子之學將有以異也。必先究窮其書。究窮而不得焉。乃可以立而正也。今二子尚未能讀韓氏注。孔氏正義。是見其道聽途說者。又何能知所謂易者哉。足下取二家言觀之。則見畢子董子。膚末於學而遽云云也。足下所爲書。非元凱兼三易者則謊。若曰。孰與潁達著。則此說乃潁達說也。非一行僧畢子董子能有異者也。無乃卽其謬而承之者歟。觀足下出入筮數。考校左氏。今之世。罕有如足下求易之悉者也。然務先窮昔人書。有不可者而後革之。
則大善。謹之勿遽。宗元白。

確

答元饒州論春秋書

辱復書。教以報張生書。及答衢州書。言春秋。此誠世所希聞。兄之學。爲不負孔氏矣。往年曾記裴封叔宅。聞兄與裴太常。言晉人及姜戎敗。秦師于殽一義。嘗諷習之。又聞韓宣英及亡友呂和叔輩。言他義。知春秋之道久隱。而近乃出焉。京中於韓安平處。始得微指。和叔處。始見集註。恒願掃於陸先生之門。及先生爲給事中。與宗元入尚書同日居。又與先生同巷。始得執弟子禮。未必講討。會先生病。時聞要論。嘗以易教誨見寵。不幸先生疾彌甚。宗元又出邵州。乃大乖謬。不克卒業。復於亡友凌生處。盡得宗指辨疑集註等一通。伏而讀之。於紀侯大去其國。見聖人之道。與堯舜合。不唯文王周公之志。獨取其法耳。於夫人姜氏會齊侯于禚（音灼）。見聖人立孝經之大端。所以明其分也。於楚人殺陳夏徵書。丁亥。楚子入陳。納公孫寧儀行父于陳。見聖人褒貶與奪。唯當之所在。所謂瑕瑜不掩也。反覆甚喜。若吾生前距此數十年。則不得是學矣。今適後之。不爲不遇也。兄書中所陳。皆孔氏大趣。無得踰焉。其言書荀息。貶立卓之意也。頃嘗怪荀息。奉君之邪心。以立孽子。不務正義。棄重耳於外而專其寵。孔子同於仇牧孔父爲之辭。今兄言貶息大善。息固當貶也。然則春秋與仇孔辭不異。仇孔亦有貶歟。宗元嘗著非國語六十餘篇。其一篇爲息發也。今錄以往。可如愚之所謂者乎。微指中。明鄭人來輸平。量力而退。告而後絕。固先同後異者也。今檢此。前無與鄭同之文後無與鄭異之據。獨疑此一義。理甚精而事有不合。兄亦當指而教焉。往年又聞和叔言兄論楚商臣一義。雖啖趙陸氏。皆所未及。請具録當疏微指下。以傳末學。蕭張前書亦請見及。至之日勒爲一卷，以垂將來。宗元始至是州，作陸先生墓表。今以奉獻，與宣英讀之。春秋之道，如日月。不可贊也，若贊焉，必同於孔跖優劣之說。故直舉其一二。不宣。

與友人論文書

古今號文章爲難。足下知其所以難乎。非謂比興之不足。恢拓之不遠。鑽礪之不工。頗纇之不除也。得之爲難。知之愈難耳。苟或得其高朗。探其深賾。雖有蕪敗。則爲日月之蝕也。大圭之瑕也。曷足傷其明。黜其寶哉。且自孔氏以來。茲道大闡。家修人勵。刓精竭慮者。幾千年矣。其間耗費簡札。役用心神者。其可數乎。登文章之籙。波

王荆石曰轉語確

及後代越不過數十人耳。其餘誰不欲爭裂綺繡。互攀日月。高視於萬物之中。雄峙於百代之下乎。率皆縱曳而不克躑躅而不進。力蹙勢窮。吞志而沒。故曰得之爲難。嗟乎。道之顯晦。幸不幸繫焉。談之辯訥。升降繫焉。鑒之頗正。好惡繫焉。交之廣狹。屈伸繫焉。則彼卓然自得以奮其間者。合乎否乎。是未可知也。而又繫古虐今者。比肩疊跡。大底生則不遇。死而垂聲者衆焉。揚

雄没而法言大興。馬遷生而史記未振。彼之二
才。且猶若是。況乎未甚聞著者哉。固有文不傳
於後祀。聲遂絕於天下者矣。故曰知之愈難。而
爲文之士。亦多漁獵前作。戕賊文史。抉其意。抽
其華。置齒牙間。遇事蠭起。金聲玉耀。誑聾瞽之
人徼一時之聲。雖終淪棄。而其奪朱亂雅。爲害。
已甚。是其所以難也。間聞足下欲觀僕文章。退
發囊笥。編其蕪穢。心悖氣動。交於胷中。未知孰

勝。故久滯而不往也。今往僕所著賦頌碑碣文記議論書序之文。凡四十八篇。合爲一通。想令治書蒼頭吟諷之也。擊轅拊缶。必有所擇。顧鑒視何如耳。還以一字示褒貶焉。

詳觀諸書論經終不如論文之確

與顧十郎書

四月五日。門生守永州司馬員外置同正員柳宗元。謹致書十郎。凡號門生。而不知恩之所自者。非人也。纓冠束衽而趨以進者。咸曰。我知恩知恩。則惡乎辨然而辨之。亦非難也。大抵當隆赫柄用。而蜂附蟻合。喣喣趄趄。便僻匍匐。以非乎人而售乎己。若是者。一旦勢異。則電滅飈逝。不爲門下用矣。其或少知耻懼。恐世人之非己也。則矯於中以貌於外。其實亦莫能至焉。然則當其時而確固自守蓄力秉志不爲嚮者之態。則於勢之異也。固有望焉。大凡以文出門下。由庶士而登司徒者。七十有九人。執事試追狀其態。則果能效用者出矣。自指然而中間招衆口。飛語譁然譸張者。豈他人耶。夫固出自門下。賴中山劉禹錫等。遑遑惕憂。無日不在信臣之門。以務白大德。順宗時顯贈榮謚。揚于天官。敷于天下。

以爲親戚門生光寵。不意瓅瓅者。復以病執事。恫瑣
此誠私心痛之。堙鬱洶湧。不知所發。常以自憾
在朝。不能有竒節宏議。以立於當世。卒就廢逐。
居窮厄。又不能著書斷往古。明聖法。以致無窮
之名。進退無以異於衆人。不克顯明門下得士
之大。今抱德厚蓄憤悱。思有以効於前者。則旣
乖謬於時。離散擯抑。而無所施用。長爲孤囚。不
能自明。恐執事終以不知。其始偃蹇退匿者。將

以有爲也。猶流於嚮時求進者之言。而下情無以通。盛德無以酬。用爲大恨。固常不欲言之。今懼老死瘴土。而他人無以辨其志。故爲執事一出之。古之人。耻躬之不逮。儻或萬萬有一可冀。復得處人間。則斯言幾乎踐矣。因言感激。泪然出涕。書不能既。

其書似非對座主之言然亦恍朗

與裴塤書

應叔十四兄足下。比得書示勤勤。不以僕罪過爲大。故有動止相憫者。僕望已矣。世所共棄。唯應叔輩一二公獨未耳。僕之罪。在年少好事。進而不能止。儔輩恨怒以先得官。又不幸早嘗與游者。居權衡之地。十薦賢。幸乃一售。不得者譸張排根。僕可出而辯之哉。性又倨野。不能摧折。以故名益惡。勢益險。有喙有耳者。相郵傳作醜

白指同禹錫輩

語不知其卒云何中心之愆尤若此而已既受禁錮而不能即死者以爲久當自明今亦久矣而嗔駡者尚不肯已堅然相白者無數人聖上日興太平之理不貢不王者悉以誅討而制度大立長使僕輩爲匪人耶其終無以見明而不得擊壤鼓腹樂堯舜之道耶且天下熙熙而獨呻吟者四五人何其優裕者博而局束者寡其爲不一徵也何哉大和蒸物燕谷不被其煦一

只此移官稍近中原

鄒子尚能恥之。今若應叔輩。知我豈下鄒子哉。
然而不恥者何也。河北之師。當已平奚虜。聞吉
語矣。然若僕者。承大慶之後。必有殊澤。流言非
文之罪。或者其可以已乎。幸致數百里之北。使
天下之人。不謂僕爲明時異物。死不恨矣。金州
考績已久。獨羲然不遷者何耶。十二兄宜當更
轉右職。十四兄嘗得數書無恙。兄顧惟僕之窮
途。得無意乎。北當大寒。人愈平和。惟楚南極海。

玄冥所不統。炎昏多疾。氣力益劣。昧昧然人事。百不記一。捨憂慄。則怠而睡耳。僩書如此。不宣。

亦白悲楚

答吳秀才謝示新文書

某白。向得秀才書及文章。類前時所辱遠甚。多賀多賀。秀才志爲文章。又在族父處。蚤起孜孜何畏不日日新。又日新也。雖間不奉對。苟文益日新則若亟見矣。夫觀文章。宜若懸衡然。增之銖兩則俯。反是則仰。無可私者。秀才誠欲令吾俯乎。則莫若增重其文。今觀秀才所增益者不啻銖兩。吾固伏膺而俯矣。愈重則吾俯兹甚。秀

才其懋焉。苟增而不已。則吾首懼至地耳。又何

聞踈之患乎。還荅不悉。

短牘亦自瀟宕

王荆石曰傲鄙之態可掬

復杜溫夫書

二十五日宗元白兩月來三辱生書書皆逾千言意者相望僕以不對答引譽者然僕成過也而生與吾文又十卷噫亦多矣文多而書頻吾不對答而引譽宜可自反而來徵不肯相見亟拜亟問其得終無辭乎凡生十卷之文吾已略觀之矣吾性騃滯多所去甚諭安敢懸斷是且非耶書抵吾必曰周孔安可當也語人必於其

倫生以直躬見抵。宜無所諛道。而不幸乃曰周孔。吾豈得無駭怪且疑。生悖亂浮誕。無所取幅尺。以故愈不對答。來栁州。見一刺史郎周孔之。今而去我道連而謫於潮。之二邦。又得二周孔。去之京師。京師顯人爲文詞。立聲名以千數。又宜得周孔千百。何吾生胷中擾擾焉多周孔哉。吾雖少爲文。不能自雕斲。引筆行墨。快意累累。意盡便止。亦何所師法。立言狀物。未嘗求過人。

王制右曰他不
足教

亦不能明辨生之才致。但見生用助字。不當律令。唯以此奉答所謂乎歟也哉夫者。疑辭也。矣耳焉也者。決辭也。今生則一之。宜考前聞人所使用與吾言類且異。慎思之則一益也。庚桑子言藿蠋鵠卵者。吾取焉。道連而謁於朝。其卒可化乎。然世之求知音者。一遇其人。或爲十數文。卽務往京師。急日月。犯風雨。走謁門戶。以冀苟得。今生年非甚少。而自荊來柳。自柳將道連而謁於潮。途遠而深矣。則其志果有異乎。又狀貌嶷然類丈夫。視端形直。心無岐徑。其質氣誠可也。獨要謹克之爾。謹克之。則非吾獨能。生勿怠。亟之二邦以取法。時思吾言。非固拒生者。孟子曰。余不屑之教誨也者。是亦教誨而已矣。宗元白。

書旨多倨而語亦多光燄

答貢士廖有方論文書

三日宗元白。得秀才書。知欲僕爲序。然吾爲文。非苟然易也。於秀才則吾不敢愛。吾在京都時。好以文寵後輩。由吾文知名者。亦爲不少焉。自遭斥逐禁錮。益爲輕薄小兒譁囂。羣朋增飾無狀。當途人率謂僕垢汚重厚。舉將去而遠之。今不自料而序秀才。秀才無乃未得嚮時之益。而受後事之累。吾是以懼。潔然盛服。而與負塗者處而又何賴焉。然觀秀才勤懇。意甚久遠。不爲頃刻私利。欲以就文雅。則吾曷敢以讓。當爲秀才言之。然而無顯出於今之世。視不爲流俗所扇動者。乃以示之。既無以累秀才。亦不增僕之詬罵也。計無宜如此。若果能是。則吾之荒言出矣。宗元白。

中多自矜亦自悲愴

答韋珩示韓愈相推以文事書

足下所封示退之書云。欲推避僕以文墨事。且以勵足下。若退之之才。過僕數人。尚不宜推避於僕。非其實可知。固相假借爲之詞耳。退之所敬者。司馬遷揚雄。遷於退之。固相上下。若雄者。如太玄法言。及四愁賦。退之獨未作耳。決作之加恢奇。至他文。過揚雄遠甚。雄文遣言措意。頗短局滯澁。不若退之猖狂恣睢。肆意有所作。若

然者。使雄來。尚不宜推避。而況僕耶。彼好獎人
善。以爲不屈巳。善不可獎。故慊慊云爾也。足下
幸勿信之。且足下志氣高。好讀南北史書。通國
朝事。穿宄古今。後來無能和。而僕稚騃。卒無所
爲。但趦趄文墨筆硯淺事。今退之不以吾子勵
僕。而反以僕勵吾子。愈非所宜。然卒篇欲足下
自挫抑。合當世事以固當。雖僕亦知無出此。吾
子年甚少。知巳者如麻。不患不顯。患道不立耳。

此僕以自勵亦以佐退之勵足下。不宣。

歐陽公似子厚此書者爲多

答貢士沈起書

蒼頭至。得所來問。志氣盈牘。博我以風賦比興之旨。僕之樸騃專魯。而當惠施鍾期之位。深自恧也。又覽所著文。宏博中正。富我以琳琅珪璧之寶。甚厚。僕之狹陋蚩鄙。而膺東阿昭明之任。又自懼也。烏可取識者歡笑。以爲知己。羞進越高視。僕所不敢。然特往將命。猥承厚貺。豈得固拒雅志。黙黙而已哉。謹以所示。布露于聞人。羅

不了齋

列乎坐隅，使識者動目，聞者傾耳，幾于萬一，用以爲報也。嗟乎！僕嘗病興寄之作堙鬱于世，辭有枝葉，蕩而成風，益用慨然。間歲興化里蕭氏之廬，覩足下詠懷五篇，僕乃拊掌愜心，吟玩爲娛，告之能者，誠亦響應。今乃有五十篇之贈，其數相什，其功相百，覽者歎息，謂余知文，此又足下之賜也。幸甚幸甚！勉懋厥志，以取榮盛時。若夫古今相變之道，質文相生之本，高下豐約之

所自。長短大小之所出。子之言云。又何訊焉。來

使告遽。不獲中盡。輒奉草具。以備還答。

凤神盈然特篇末猶似未了語

報袁君陳秀才避師名書

秀才足下。僕避師名久矣。往在京師。後學之士到僕門日或數十人。僕不敢虛其來意。有長必出之。有不至必惎之。其教也雖若是。當時無師弟子之說。其所不樂爲者。非以師爲非。弟子爲罪也。有兩事故不能。自視以爲不足爲。一也。世久無師弟子。決爲之。且見非。且見罪。懼而不爲。二也。其大說具答韋中立書。今以往可觀之。秀

王荊石曰柳州取穀梁時之言

才貌甚堅。辭甚強。僕自始覩。固奇秀才。及見兩
文愈益奇。雖在京都。日數十人到門者。誰出秀
才右耶。前已必秀才可爲成人。僕之心固虛矣。
又何鯤鵬互鄉於尺牘哉。秋風益高。暑氣益衰。
可偶居卒談。秀才時見咨。僕有諸內者。不敢愛
惜。大都文以行爲本。在先誠其中。其外者當先
讀六經。次論語孟軻書皆經言。左氏國語莊周
屈原之辭。稍采取之。穀梁子太史公甚峻潔。可

以出入餘書侯文成異日討也其歸在不出孔子此其古人賢士所懔懔者求孔子之道不於異書秀才志於道愼勿怪勿雜勿務速顯道苟成則勃然耳久則蔚然爾源而流者歲旱不涸蓄穀者不病凶年蓄珠玉者不虞殍死矣然則成而久者其術可見雖孔子在爲秀才計未必過此不具宗元白

蒼蔚可誦

上李夷簡相公書

月日使持節柳州諸軍事守柳州刺史柳宗元。謹獻書于相公閣下。宗元聞有行三塗之艱而墜于仞之下者。仰望於道。號以求出。過之者日千百人。皆去而不顧。就令哀而顧之者。不過攀木俯首深矉太息。良久而去耳。其卒無可奈何。然其人猶望而不止也。俄而有若烏獲者。持長綆千尋。徐而過焉。其力足為也。其器足施也。號

之而不顧顧而曰不能力則其人知必死於大
壑矣何也是時不可遇而幸遇焉而又不逮乎
已然後知命之窮勢之極其卒呼憤自斃不復
望於上矣宗元曩者齒少心銳徑行高步不知
道之艱以陷乎大阨窮躓殞墜廢爲孤囚日號
而望者十四年矣其不顧而去與顧而深矉者
俱不乏焉然猶仰首伸吭張目而視曰庶幾乎
其有異俗之心非常之力當路而垂仁者耶今

閤下以仁義正直。入居相位。宗元實竊拊心自慶。以爲獲其所望。故敢致其辭以聲其哀。若又捨而不顧。則知沉埋踣斃。無復振矣。伏惟動心焉。宗元得罪之由。致謗之自。以閤下之明。其知之久矣。繁言蔓詞。秖益爲黷。伏惟念墜者之至窮。錫烏獲之餘力。舒千尋之綆。垂千仞之艱。致其不可遇之遇。以卒成其幸。庶號而望者。得畢其誠。無使呼憤自斃。沒有餘恨。則士之死於門下者。宜無先焉。生之通塞。決在此舉。無任戰汗隕越之至。

予學因陀之久故其書呼號哀籲若此錄而存之以見其始末云

唐荊川曰賦役

答元饒州論政理書

奉書。辱示以政理之説。及劉夢得書。往復甚善類非今之長人者之志。不惟充賦稅。養祿秩。足已而已。獨以庶富且教爲大任。甚盛甚盛。孔子曰。吾與回言終日。不違如愚。然則蒙者固難曉。必勞申諭。乃得悅服。用是尚有一疑焉。兄所言免貧病者而不益富者稅。此誠當也。乘理政之後。固非若此不可。不幸乘弊政之後。其可爾耶。

元饒州意在仍舊籍不必擾民而予奪意在覈貧富之實

夫弊政之大。莫若賄賂行而征賦亂。苟然。則貧者無貲以求於吏。所謂有貧之實。而不得貧之名。富者操其贏以市於吏。則無富之名。而有富之實。貧者愈困餓死亡而莫之省。富者愈恣橫侈泰而無所忌。兄若所遇如是。則將信其故乎。是不可懼撓人而終不問也。固必問其實。問其實。則貧者固免。而富者固增賦矣。安得持一定之論哉。若曰止免貧者。而富者不問。則僥倖者

王荆石曰確論

唐荆川曰説得甚細

衆皆挾重利以邀。貧者猶若不免焉。若曰檢富者懼不得實。而不可增焉。則貧者亦不得實。不可免矣。若皆得實而故縱。以爲不均。何哉。孔子曰。不患寡而患不均。不患貧而患不安。今富者稅益少。貧者不免於捃拾以輸縣官。其爲不均大矣。非唯此而已。必將服役而奴使之。多與之田而取其半。或乃取其一而收其二三。主上思人之勞苦。或減除其稅。則富者以戶獨免。而貧者以受役。卒輸其二三與半焉。是澤不下流。而人無所告訴。其爲不安亦大矣。夫如是。不一定經界。覈名實而姑重改作。其可理矣乎。富室貧之母也。誠不可破壞。然使其大倖而役於下。則又不可。兄云。懼富人流爲工商浮竄。蓋甚急而不均。則有此耳。若富者雖益賦。而其實輸當其十一。猶足安其堵。雖驅之不肯易也。檢之逾精。則下逾巧。誠如兄之言。管子亦不欲以民產爲

一六二

征故有殺畜伐木之説。今若非市井之征。則捨其產而唯丁田之問。推以誠質。示以恩惠。嚴責吏以法。如所陳一社一村之制。遞以信相考。安有不得其實。不得其實。則一社一村之制亦不可行矣。是故乘弊政。必須一定制。而後兄之説。乃得行焉。蒙之所見。及此而已。永州以僻隅少知人事。兄之所代者誰耶。理歟弊歟。理則其説行矣。若其弊也。蒙之説。其在可用之數乎。因南人來。重曉之。其他皆善。愚不足以議。願同夢得之云者。兄通春秋。取聖人大中之法以爲理。饒之理小也。不足費其慮。無所論刺。故獨舉均賦之事。以求往復而除其惑焉。不習吏職而強言之。宜爲長者所笑弄。然不如是則無以來至當之言。蓋明而教之。君子所以開後學也。又聞兄之莅政三日。舉韓宣英以代己。宣英達識多聞而習於事。宜當賢者類舉。今負罪屏棄。凡人不敢稱道其善。又況聞於大君。以二千石薦之哉。是乃希世拔俗。果於直道。斯古人之所難。而兄行之。宗元與宣英同罪。皆世所背馳者也。兄一舉而德皆及焉。祁大夫不見叔向。今而預知斯舉。下走之大過矣。書雖多言。不足導意。故止於此。不宣。

織悉

柳文目錄卷之三

啓

柳文目錄卷之三終

唐荊川曰善辯

柳文卷之三

與呂恭書

宗元白。元生至。得弟書甚善。諸所稱道具之。元生又持部中廬墓文者所得石書。模其文示余云。若將聞於上。余故恐而疑焉。僕蚤好觀古書。家所蓄晉魏時尺牘甚具。又二十年來。徧觀長安貴人好事者所蓄。殆無遺焉。以是善知書。雖未嘗見名氏。望而識其時也。又文章之形狀。古今特異。弟之精敏通達。夫豈不究於此。今覩石文。署其年曰永嘉。其書則今田野人所作也。雖支離其字。尤不能近古。爲其永字等。頗效王氏變法。皆永嘉所未有。辭尤鄙近。若今所謂律詩者。晉時蓋未嘗爲此聲。大謬妄矣。又言植松烏擢之怪。而掘其土得石。尤不經難信。或者得無姦爲之乎。且古之言壟者藏也。壤樹之而君子以爲譏。況廬而居者。其足尚之哉。聖人有制度

王荆石曰擿挫

有法令。過則爲辟。故立大中者不尚異。教人者欲其誠。是故惡夫飾且僞也。過制而不除喪。宜廬於庭而矯於墓者。大中之罪人也。况又出怪物詭神道以奸大法。而因以爲利乎。夫僞孝以奸利。誠仁者不忍擿過。恐傷於教也。然使僞可爲而利可冒。則教益壞。若然者。勿與知焉。可也。伏而不出之。可也。以大夫之政良。而吾子贊焉。固無闕遺矣。作東郛。攺市鄽。去比竹茨草之室。

而垍土大木陶甄梓匠之工備。孽火不得作。化惰窳之俗。絕偷浮之源。而條桑浴種。深耕易耨之力用。寬徭嗇貨。均賦之政起。其道美矣。於斯也。慮善善之過。而莫之省。誠慤之道少損。故敢私言之。夫以淮濟之清。有玷焉。若秋豪。固不爲病。然而萬一離妻子。耿然睍之。不若無者之快也。想默已其事。無出所置書。幸甚。宗元白。

中有作處荊川云善辯學左氏外傳

鄒東郭曰此書文體三疊而意思深邃余取之以為作擧業訣者法

賀進士王參元失火書

立柱子分解

得楊八書知足下遇火災。家無餘儲。僕始聞而駭。中而疑。終乃大喜。蓋將弔而更以賀也。道遠言畧。猶未能究知其狀。若果蕩焉泯焉而悉無有。乃吾所以尤賀者也。足下勤奉養。樂朝夕。惟恬安無事是望也。今乃有焚煬赫烈之虞以震駭左右。而脂膏滫瀡之具。或以不給。吾是以始而駭也。凡人之言皆曰。盈虛倚伏。去來之不可常。或將大有爲也。乃始厄困震悸。於是有水火之孽。有羣小之愠。勞苦變動。而後能光明。古之人皆然。斯道遼闊誕漫。雖聖人不能以是必信。是故中而疑也。以足下讀古人書。爲文章。善小學。其爲多能若是而進不能出羣士之上。以取顯貴者。蓋無他焉。京城人多言足下家有積貨。士之好廉名者皆畏忌不敢道足下之善。獨自得之心。蓄之銜忍而不出諸口。以公道之難明。

汪南瞑曰一篇議論全是寬慰

而世之多嫌也一出口則嗤嗤者以爲得重賂僕自貞元十五年見足下之文章蓄之者蓋六七年未嘗言是僕私一身而負公道久矣非特負足下也及爲御史尚書郎自以幸爲天子近臣得奮其舌思以發明足下之鬱塞然時稱道於行列猶有顧視而竊笑者僕良恨脩巳之不亮素譽之不立而爲世嫌之所加常與孟幾道言而痛之乃今幸爲天火之所盪滌凡衆之疑

叅元且爲祝融回祿相吾子即叅元亦當爲之解頤矣王意中曰十年之相知不若茲火爲足下譽此句最得一篇要領

慮。舉爲灰埃。黔其廬。赭其垣。以示其無有。而足下之才能。乃可以顯白而不汚。其實出矣。是祝融回祿之相吾子也。則僕與幾道十年之相知。不若茲火一夕之爲足下譽也。宥而彰之。使夫蓄於心者。咸得開其喙。發策決科者。授子而不慄。雖欲如嚮之蓄縮受侮。其可得乎。於茲吾有望於子。是以終乃大喜也。古者列國有災。同位者皆相吊。許不吊災。君子惡之。今吾之所陳若

村注 崔曰將吊而更以賀是總收一句最有關鍵

是有以異乎古。故將吊而更以賀也。顏曾之養其爲樂也大矣。又何闕焉。足下前要僕文章古書。極不怠。候得數十幅。乃併往耳。吳二十一武陵來。言足下爲醉賦及對問大善。可寄一本。僕近亦好作文。與在京城時頗異。思與足下輩言之。桎梏甚固。未可得也。因人南來。致書訪死生。不悉。宗元白。

深識之言逼古之文

王荆石曰左傳願以執讒慝者之口

賀趙江陵宗儒辟符載啟

某啟。伏聞以武都符載爲記室。天下立志之士。雜然相顧。繼以歎息。知爲善者得其歸嚮。流言者有所間執。直道之所行。義風之所揚。堂堂焉實在荆山之南矣。幸甚幸甚。夫以符君之藝術志氣。爲時聞人。才位未會。盤桓固久。中間因緣。陷在危邪。與時偃仰。不廢其道。而爲見忌嫉者。橫致辱吻。房給事以高節特立。明之於朝。王吏

悲綴得感動人

部以清議自任。辨之於外。然猶小人浮議。困在交戟。凡諸侯之欲得符君者。城聯壤接。而惑於騰沸。環視相讓。莫敢先舉。及受署之日。則皆開口垂臂悵望悼悔。譬之求珠於海。而徑寸先得則衆皆快然罷去。知奇寶之有所歸也。嗚呼。巧言難明。下流多謗。自非大君子出世之氣。則何望焉。瞻望清風。若在天外。無任感激欣躍之至。輕瀆陳賀。不勝戰越。不宣。

子厚諸啓非爲四六而已中多奇峭沉鬱

之旨予不能盡録録凡四首

上西川武元衡相公謝撫問啟

某啟。某愚陋狂簡。不知周防。失於夷途。陷在大罪。伏匿嶺下。于今七年。追念往愆。寒心飛魄。、幸

、、、、、、

蒙在宥。得自循省。豈敢徹聞于廊廟之上。見志於樽俎之際。以求必於萬一者哉。相公以含弘光大之德。廣博淵泉之量。不遺垢汚。先賜榮示。奉讀流涕。以懼以悲。屏營舞躍。不敢寧處。是將

、、、、、、、、、、、、、、、、

收孟明於三敗。責曹沫於一舉。俾折脅臏腳之

倫得。自拂飾。以期效命於鞭策之下。此誠大君子并容廣覽。棄瑕錄用之道也。自顧孱鈍。無以克堪。祗受大賜。豈任負戴。精誠之至。炯然如日。拜伏無路。不勝惶惕。輕冒威重。戰汗交深。

上襄陽李僕射愬獻唐雅詩啟

宗元啟。昔周宣中興。得賢臣召虎。師出江漢。以平淮夷。故其詩曰。江漢之滸。王命召虎。其卒章曰。于周受命。自召祖命。以明虎者召公之孫。克承其先也今天子中興而得閣下。亦出江漢。以平淮夷。克承于先西平王。其事正類。然而未有嗣大雅之說。以布天下以施後代。豈聖唐之文雅。獨後於周室哉。宗元身雖陷敗。而其論著。往徃不爲世屈。意者殆不可自薄自匿。以墜斯時。
苟有輔萬分之一。雖𢘿無憾。謹撰平淮夷雅二
篇。齋沐上獻。誠醜言淫聲。不足以當金石。庶繼
代洪烈。稗宫埋人。得采而歌之。不勝憤踊之至。
輕瀆威重。戰越交深。謹啟。

雀什

上權德輿補闕溫卷啟

補闕執事。宗元聞之。重遠輕邇。賤視貴聽。所由古矣。切以宗元幼不知恥。少又躁進。拜揖長者自于幼年。是以簉俊造之末跡。厠牒計之下列。賈藝求售。闃無善價。戴文筆而都儒林者。匪親乃舊。率皆携撫相示。談笑見昵。喔咿逡巡。爲達者嗤。無乃覩其樸者鄙其成。狎其幼者薄其長耶。將行不援異。操不砥礪。學不該廣。文不炳燿

林次崖曰以下至段詞采翩翩

實可鄙而薄耶。今駑鷺充朝。而獨干執事者。特以顧下念舊。收接儒素。異乎他人耳。敢問厥由。庶幾告之。俾識去就。幸甚幸甚。今將慷慨激昂。奮攘布衣。縱談作者之筵。曳裾名卿之門。抵掌峩弁。厚自潤澤。進趍無恧。汙逹者之視聽。狂猾愚妄。固不可爲也。復欲俛黙愓息。疊足搨翼。拜祈公侯之閫。跪邀賢達之車。竦竟慄股。兢恪危懼。榮者倖之。嫉忿厥心。又不可爲也。若慎守其

林次崖曰此處關鍵尤佳從前到此方有收煞承上起下何等鮮明

常。確執厥中。固其所矣則又色平氣柔。言訥性魯。無特達之節。無推擇之行。瑣瑣碌碌。一孺子耳。孰謂其可進。孰謂其可退。抑又聞之。不鼓躁無以超泥塗。不曲促無以由險艱。不守常。無以處明分。不執中。無以趍夷軌。今則鼓躁乎。曲促乎。守其常而執厥中乎。浩不知其宜矣進退無倚。胥不遑寐。乃訪于故人而咨度之。其人曰。補闕權君。著名踰紀。行爲人高。言爲人信。力學掞

林次崖曰此段言其所以上啓七意布出許多光景許多說話

文時儕稱雄子亟拜之足以發揚對曰衷燕石而履玄圃帶魚目而游漲海秖取誚耳曷予補乎其人曰跡之勤者情必生焉心之恭者情必報焉況子之文不甚鄙薄者乎苟或勤以奉之恭以下之則必勗厲爾行煇燿爾能言爲建瓴晨發夕被聲馳而嚮溢風振而草靡可使尺澤之鯢奮鱗而縱海密網之鳥舉羽而翔霄子之一名何足就矣庶爲終身之遇乎曷不舉馳聲

之資摯。成名之基。授之權君。然後退行守常執中之道。斯可也。愚不敏。以爲信然。是以有前日之拜。又以爲色取象恭。大賢所飫。朝造夕謁。大賢所倦。性頗踈野。竊又不能。是以有今兹之問。仰惟覽其鄙心而去就之。潔誠齋慮。不勝至願。謹再拜。

上大理崔大卿應制舉啟

古之知己者。不待來求而後施德。舉能而已。其受德者。不待成身而後拜賜。感知而已。故不叩而享。不介而合。則其舉必至。而其感亦甚。斯道遁去。邈闊千祀。何爲乎今之世哉。若宗元者。智不能經大務。斷大事。非有恢傑之才。學不能探奧義。窮章句。爲腐爛之儒。雖或寘力於文章。勤勤懇懇於歲時。然而未能極聖人之規矩。恢作者之聞見。勞費翰墨。徒爾掩逢掖。曳大帶。遊於朋齒。且有愧色。豈有能乎哉。閣下何見待之厚也。始者自謂抱無用之文。戴不肖之容。雖振身泥塵。仰睎雲霄。何由而能哉。遂用收視內顧。頫首絕望。甘以沒沒也。今者果不自意他日瑣瑣之著述。幸得流於衽席。接在視聽。閣下乃謂可以蹈遠大之途。及制作之門。決然而不疑。介然而獨德。是何收採之特達。而顧念之勤備乎。且閣下知其爲人何如哉。其貌之美陋。質之細大。心之賢不肖。閣下固未知也。而一遇文字。志在濟拔。斯蓋古之知已者也。故曰。古之知已者。不待來求而後施德者也。然則亟來而求者。誠下科也。宗元向以應博學宏詞之舉。會閣下辱臨考第。司其升降。當此之時。意謂運合事并。適丁厥時。其私心日以自負也。無何閣下以鯤鱗之勢。不容尺澤。悠爾而自放。廓然而高邁。其不我知者。遂排逐而委之。委之誠當也。使古之知已猶在。豈若是求多乎哉。夫仕進之路。昔者竊聞于師矣。太上有專達之能。乘時得君。不由乎表著之列。而取將相。行其政焉。其次有文行之美。積能累榮。不由乎舉甲乙。歷科第。登乎表著之列。顯其名焉。又其次。則曰。吾未嘗舉甲乙也。未嘗歷科第也。彼朝廷之位。吾何修而可以登之乎。必求舉是科也。然後得而登之。其下不能知其利。又不能務其往。則曰。舉天下而好之。吾何爲獨不然。由是觀之。有愛錐刀者。以舉是科爲悦者也。有爭尋常者。以登乎朝廷爲悦者也。有慕權貴之位者。以將相爲悦者也。有樂行其政者。以理天下爲悦者也。然則舉甲乙歷科第。固爲末而已矣。得之不加榮。喪之不加憂。苟成其名。於遠大者何補焉。然而至於感知之道。則細大一矣。成敗亦一矣。故曰。其受德者。不待成身

而後拜賜。然則幸成其身者。固未節也。蓋不知
來求之之下者。不足以收特達之士。而不知成
身之末者。不足以承賢達之遇。審矣。伏以閣下，
德足以儀世。才足以輔聖。文足以當宗師之位。
學足以冠儒術之首。誠爲賢達之表也。顧視下
輩。豈容易而收哉。而宗元樸野昧劣，進不知退。
不可以言乎德，不能植志於義。而必以文字求
達。不可以言乎才，秉翰執簡敗北而歸。不可以

言乎文。登場應對。刺繆經肯。不可以言乎學。固非特達之器也。忖省陋質。豈容易而承之哉。切冒大遇。穢累高鑒。喜懼交爭。不克寧居。竊感荀罃如實出巳之德。敢希豫讓國士遇我之報。伏候門屏。敢候招納。謹奉啟以代投刺之禮。伏惟以知巳之道。終撫薦焉。不宣。宗元謹啟。

王荊石曰頗倣班固

柳宗直西漢文類序

左右史混久矣。言事駁亂。尚書春秋之旨不立。自左丘明傳孔氏。太史公述歷古今。合而爲史記。迄于今交錯相糺。莫能離其說。獨左氏國語紀言不參於事。戰國策春秋後語。頗本右史尚書之制。然無古聖人蔚然之道。大抵促數耗矣。而後之文者寵之。文之近古而尤壯麗。莫若漢之西京。班固書傳之。吾嘗病其畔散不屬。無以

宋板無愈字

考其變。欲采比義。會年長疾作。駑墮愈日甚。未能勝也。幸吾弟宗直愛古書。樂而成之。搜討磔裂。攟摭融結。離而同之。與類推移。不易時月。而咸得從其條貫。森然若開羣玉之府。指揮聯累。圭璋琮璜之狀。各有列位。不失其叙。雖第其價可也。以文觀之則賦頌詩歌書奏詔策。辯論之辭畢具。以語觀之。則右史紀言尚書戰國策。成敗興壞之說大備。無不苞也。噫。是可以爲學者

王荆石曰又是一小序

之端耶。始吾少時。有路子者。自賛爲是書。吾嘉而叙其意。而其書終莫能具。卒俟宗直也。故删取其叙繫于左。以爲西漢文類首紀。殷周之前。其文簡而野。魏晉以降則盪而靡。得其中者漢氏。漢氏之東。則旣衰矣。當文帝時。始得賈生明儒術。武帝尤好焉。而公孫弘董仲舒司馬遷相如之徒。作風雅益盛。敷施天下。自天子至公卿大夫士庶人咸通焉。於是宣於詔策。達於奏議。

諷於辭賦。傳於歌謠。由高帝訖于哀平王莽之誅。四方之文章。蓋爛然矣。史臣班孟堅修其書。拔其尤者。充于簡冊。則二百三十年間。列辟之達道。名臣之大範。賢能之志業。黔黎之風美列焉。若乃合其英精。離其變通。論次其敘位。必俟學古者興行之。唐興用文理。貞元間。文章特盛。本之三代。浹于漢氏。與之相準。於是有能者取孟堅書。類其文。次其先後。爲四十卷。

覽子厚之所以序西漢而文章之旨亦可概見矣

予嘗謂子厚詩過昌黎而文特讓一格大略千鈞之弩難以再蔟也

楊評事文集後序

贊曰。文之用辭令褒貶導揚諷諭而已。雖其言鄙野。足以備於用。然而闕其文采。固不足以竦動其聽。夸示後學。立言而朽。君子不由也。故作者抱其根源。而必由是假道焉。作於聖。故曰經。述於才。故曰文。文有二道。辭令褒貶。本乎著述者也。導揚諷諭。本乎比興者也。著述者流。蓋出於書之謨訓。易之象系。春秋之筆削。其要在於

高壯廣厚詞正而理備謂宜藏於簡冊也比興
者流蓋出於虞夏之詠歌殷周之風雅其要在
於麗則清越言暢而意美謂宜流於謳誦也茲
二者考其旨義乖離不合故秉筆之士恒徧勝
獨得而罕有兼者焉厥有能而專美命之曰藝
成雖古文雅之盛世不能並肩而生唐興以來
稱是選而不怍者梓潼陳拾遺其後燕文貞以
著述之餘攻比興而莫能極張曲江以比興之

隟。窮著述而不克備。其餘各探一隅。相與背馳於道者。其去彌遠。文之難兼。斯亦甚矣。若楊君者。少以篇什著聲於時。其炳燿尤異之詞。諷誦于文人。滿盈于江湖。達于京師。晚節徧悟。文體尤邃。叙述學富。識遠才涌。未已其雄傑老成之風。與時增加。既獲是。不數年而夭。其季年所作尤善。其爲鄂州新城頌。諸葛武侯傳論。餞送梓潼陳衆甫。汝南周愿。河東裴泰。武都符義府。泰山羊士謗。隴西李錬。凡六序。廬山禪居記。辭李常侍敀。遠遊賦。七夕賦。皆人文之選巳。用是陪陳君之後。其可謂具體者歟。嗚呼。公旣悟文而疾。旣卽功而廢廢。不逾年。大病及之。卒不得窮其工。竟其才。遺文未克流于世。休聲未克充于時。凡我從事於文者。所宜追惜而悼慕也。宗元以通家修好。幼獲省謁。故得奉公元兄命。論次篇閒。遂述其制作之所詣以繫于後。

覽此序亦可見古之欲兼詩與文而並盛者亦世所難而况吾曹乎

濮陽吳君文集序

博陵崔成務。嘗爲信州從事。爲余言邑有聞人濮陽吳君。弱齡。長鬛而廣顙。好學而善文。居鄉黨。未嘗不以信義交於物。敎子弟。未嘗不以忠孝端其本。以是卿相賢士。率與亢禮。余嘗聞而志乎心。會其子偘更名武陵。升進士。得罪來永州。因奉其先人文集十卷。再拜請余以文冠其首。余得徧觀焉。其爲辭賦。有戒苟冒陵僭之志。

其爲詩歌。有交王公大人之義。其爲詠誌弔祭。有孝恭慈仁之誠。而多舉六經聖人之大旨。發言成章。有可觀者。古之司徒。必求秀士。由鄉而升之天官。古之太史。必求人風。陳詩以獻于法宮。然後材不遺而志可見。近世之居位者。或未能盡用古道。故吳君之行不昭。而其辭不薦。雖一命于王。而終伏其志。嗚呼。有可惜哉。武陵又論次誌傳三卷繼于末。其官氏及他才行甚具云。

文自有法度

王荊石曰最爲遒緊

愚溪詩序

灌水之陽有溪焉東流入于瀟水或曰冉氏嘗居也故姓是溪曰冉溪或曰可以染也名之以其能故謂之染溪余以愚觸罪謫瀟水上愛是溪入二三里得其尤絕者家焉古有愚公谷今余家是溪而名莫能定士之居者猶斷斷然不可以不更也故更之爲愚溪愚溪之上買小丘爲愚丘自愚丘東北行六十步得泉焉又買居

之爲愚泉。愚泉凡六穴。皆出山下平地。蓋上出也。合流屈曲而南爲愚溝。遂負土累石。塞其隘爲愚池。愚池之東爲愚堂。其南爲愚亭。池之中爲愚島。嘉木異石錯置。皆山水之奇者。以余故。咸以愚辱焉。夫水智者樂也。今是溪獨見辱於愚。何哉。蓋其流甚下。不可以灌溉。又峻急多坻石。大舟不可入也。幽邃淺狹。蛟龍不屑。不能興雲雨。無以利世。而適類於余。然則雖辱而愚之

唐荊川曰轉摺有味

可也。甯武子邦無道則愚。智而爲愚者也。顏子終日不違如愚。睿而爲愚者也。皆不得爲眞愚。今余遭有道而違於理。悖於事。故凡爲愚者莫我若也。夫然則天下莫能爭是溪。余得專而名焉。溪雖莫利於世。而善鑒萬類。清瑩秀澈。鏘鳴金石。能使愚者喜笑眷慕。樂而不能去也。余雖不合於俗。亦頗以文墨自慰。漱滌萬物。牢籠百態。而無所避之。以愚辭歌愚溪。則茫然而不違昏。然。而。同。歸。超。鴻。蒙。混。希。夷。寂。寥。而。莫。我。知。也。

於是作八愚詩紀於溪石上。

古來無此調陡然劃爲之指次如畫

林次崖曰此序南池佳麗

林次崖曰此序遊讌之樂

陪永州崔使君遊讌南池序

零陵城南。環以羣山。延以林麓。其崖谷之委會。則泓然爲池。灣然爲溪。其上多楓柟竹箭哀鳴之禽。其下多芡芰蒲藻騰波之魚。韜涵太虛。澹灩里閭。誠游觀之佳麗者也。崔公既來其政寬以肆。其風和以廉。既樂其人。又樂其身。于暮之春。徵賢合姻。登舟于茲水之津。連山倒垂萬象在下。浮空泛景。蕩若無外。橫碧落以中貫。陵太虛而徑度。羽觴飛翔。匏竹激越。熙然而歌。婆然而舞。持頤而笑。瞪目而倨。不知日之將暮。則於向之物者。可謂無負矣。昔之人。知樂之不可常。會之不可必也。當歡而悲者有之。況公之理。行宜去受厚錫。而席之賢者。率皆在官蒙澤。方將脫鱗介。生羽翮。夫豈趦趄湘中。爲顦顇客耶。余既委廢於世。恒得與是山水爲伍。而悼玆會不可再也。故爲文志之。

文潇洒跌宕惜也篇末犹多抑郁之思

謝疊山曰章法句皆好轉換多関鎖嚴緊優柔理長而味永

送薛存義之任序

河東薛存義將行。柳子載肉于俎。崇酒于觴。追而送之江滸飲食之。且告曰。凡吏于土者。若知其職乎。蓋民之役非以役民而已也。凡民之食于土者。出其十一傭乎吏使司平於我也。今我受其直。怠其事者。天下皆然。豈唯怠之。又從而盜之。向使傭一夫於家。受若直。怠若事。又盜若貨器。則必甚怒而黜罰之矣。以今天下多類此。

而民莫敢肆其怒與黜罰何哉。勢不同也。勢不同而理同。如吾民何。有違于理者。得不恐而畏乎。存義假令零陵二年矣。蚤作而夜思。勤力而勞心。訟者平。賦者均。老弱無懷詐暴憎。其爲不虛取直也的矣。其知恐而畏也審矣。吾賊且辱。不得於考績幽明之說。於其往也。故賞以酒肉。而重之以辭。

此文勢圓轉如珠走盤略無滯碍學者宜

王荊石曰翻上事異說

送徐從事北遊序

讀詩禮春秋。莫能言說。其容貌充充然。而聲名不聞傳於世。豈天下廣大。多儒而使然歟。將晦其說諱其讀。不使世得聞傳其名歟。抑處於遠。仕於遠。不與通都大邑豪傑。角其伎而至於是歟。不然。無顯者爲之倡以振動其聲歟。今之世不能多儒。可以葢生者。觀生亦非晦諱其說讀者。然則餘二者爲之決矣。生北遊。必至通都大邑。通都大邑必有顯者。由是其果聞傳於世歟。苟聞傳必得位。得位而以詩禮春秋之道。施於事。及於物。思不負孔子之筆舌。能如是。然後可以爲儒。儒可以說讀爲哉。

宕

送李渭赴京師序

過洞庭上湘江非有罪左遷者罕至又況踰臨源嶺下灕水出荔浦名不在刑部而來吏者其加少也固宜前余逐居永州李君至固怪其棄美仕就醜地無所束縛自取瘴癘後余斥刺柳州至于桂君又在焉方屑屑爲吏噫何自苦爲是耶明時宗室屬子當尉畿縣令王師連征不貢二府方汲汲求士李君讀書爲詩有幹局久

遊燕魏趙代間。知人情。識地利。能言其故。以是入都于丞相。盖國事。不求獲乎已。而已以有獲。予嫉其不爲是久矣。今而曰將行。請余以言。行、哉行哉。言止是而已。

文似悲颯

王荊石曰疏宕

送元十八山人南遊序

太史公嘗言世之學孔氏者。則黜老子。學老子者。則黜孔氏。道不同。不相爲謀。余觀老子。亦孔氏之異流也。不得以相抗。又況楊墨申商。刑名縱横之說。其迭相訾毀。抵牾而不合者。可勝言耶。然皆有以佐世。太史公没。其後有釋氏。固學者之所怪駭舛逆其尤者也。今有河南元生者。其人閎曠而質直。物無以挫其志。其爲學恢博

而貫統。數無以蹟其道。悉取向之所以異者。通
而同之。搜擇融液。與道大適。咸伸其所長。而黜
其奇衺。要之與孔子同道。皆有以會其趨。而其
器足以守之。其氣足以行之。不以是道求合於
世。常有意乎古之守雌者。及至是邦。以余道窮
多憂。而嘗好斯文。畱三旬有六日。陳其大方。勸
以爲諭。余始得其爲人。今又將去余。而南歷營
道。觀九疑。下灕水。窮南越。以臨大海。則吾未知

其還也黄鵠一去青冥無極安得不爲豐隆熟
㕹廉以寄聲於寥廓耶

逸調

王荊石曰看他
文體離合之妙

送僧浩初序

儒者韓退之與余善。嘗病余嗜浮圖言。訾余與浮圖遊。近隴西李生礎自東都來。退之又寓書罪余。且曰。見送元生序。不斥浮圖。浮圖誠有不可斥者。往往與易論語合。誠樂之。其於性情奭然。不與孔子異道。退之好儒。未能過楊子。楊子之書。於莊墨申韓皆有取焉。浮圖者。反不及莊墨申韓之怪僻險賊耶。曰。以其夷也。果不信道

接得

而斥焉以夷。則將友惡來盜跖。而賤季札由余乎非所謂去名求實者矣。吾之所取者。與易論語合。雖聖人復生。不可得而斥也。退之所罪者其跡也。曰。髡而緇。無夫婦父子。不為耕農蠶桑而活乎人。若是。雖吾亦不樂也。退之忿其外而遺其中。是知石而不知韞玉也。吾之所以嗜浮圖之言以此。與其人游者。非必能通其言也。且凡為其道者。不愛官。不爭能。樂山水而嗜閑安

王荆石曰晴丞後父子以養而

王荊石曰情刺韓

者為多。吾病世之逐逐然唯印組為務以相軋也。則舍是其焉從。吾之好與浮圖游以此。今浩初閑其性。安其情。讀其書。通易論語。唯山水之樂。有文而文之。又父子咸為其道。以養而居。泊焉而無求。則其賢於為莊墨申韓之言。而逐逐然唯印組為務以相軋者。其亦遠矣。李生礎與浩初又善。今之往也。以吾言示之。因北人寓退之視何如也。

亦澹宋

王荊石曰極究極佳

序飲

買小丘。一日鋤理。二日洗滌。遂置酒溪石上。嚮之爲記。所謂牛馬之飲者。離坐其背。實觴而流之。接取以飲。乃置監史而令曰。當飲者。舉籌之十寸者三。逆而投之。能不洄于洑。不止于坻。不沉于底者。過不飲。而洄而止而沉者。飲如籌之數。既或投之。則旋眩滑汩。若舞若躍。速者遲者。去者住者。衆皆據石注視。歡忭以助其勢。突然而逝。乃得無事。於是或一飲。或再飲。客有妻生圖南者。其投之也。一洄一止一沉。獨三飲。衆乃大笑驩甚。余病痞不能食酒。至是醉焉。遂損益其令。以窮日夜而不知歸。吾聞昔之飲酒者。有揖讓酬酢百拜。以爲禮者。有叫號屢舞。如沸如羹。以爲極者。有裸裎袒裼。以爲達者。有資絲竹金石之樂。以爲和者。有以促數糺逖。而爲密者。今則舉異是焉。故捨百拜而禮。無叫號而極。不袒裼而達。非金石而和。去糺遜而密。簡而同。肆而恭。衎衎而從容。於以合山水之樂。成君子之心宜也。作序飲以貽後之人。

王荆公曰推究物理文極精巧

序棊

房生直溫與予二弟遊皆好學。予病其確也。思所以休息之者。得木局。隆其中而規焉其下方以直。置棊二十有四。貴者半。賤者半。貴曰上。賤曰下。咸自第一至十二。下者二乃敵一。用朱墨以別焉。房於是取二毫。如其第書之。既而抵戲者二人。則視其賤者而賤之。貴者而貴之。其使之擊觸也。必先賤者。不得已而使貴者。則皆慄焉惛焉。亦鮮克以中。其獲也得朱焉。則若有餘。得墨焉。則若不足。余諦睨之以思其始。則皆類也。房子一書之。而輕重若是。適近其手而先焉。非能擇其善而朱。否而墨之也。然而上焉而上。下焉而下。貴焉而貴。賤焉而賤。其易彼而敬此。遂以遠焉。然則若是之所以貴賤人者。有異房之貴賤茲綦者歟。無亦近而先之耳。有果能擇其善否者歟。其敬而易者。亦從而動心矣。有敢議其善否者歟。其得於貴者。有不氣揚而志蕩者歟。其得於賤者。有不貌慢而心肆者歟。其所謂貴者。有敢輕而使之者歟。所謂賤者。有敢避其使之擊觸者歟。彼朱而墨者。相去千萬不啻。有敢以二敵其一者歟。余墨者徒也。觀其始與末。有似棊者。故叙。

此序與序飲並潛密可誦

柳文目錄卷之四

傳

記

遊黃溪記
興州江運記
全義縣復北門記
永州新堂記
零陵郡復乳穴記
零陵三亭記
道州毀鼻亭神記
潭州東池戴氏堂記

柳文目録卷之四 終

以上了郭橐駝者

柳文卷之四

種樹郭橐駝傳

郭橐駝不知始何名。病僂。隆然伏行。有類橐駝者。故鄉人號之駝。駝聞之曰。甚善。名我固當。因捨其名。亦自謂橐駝云。其鄉曰豐樂鄉。在長安西。駝業種樹。凡長安豪富人。爲觀游及賣果者。皆爭迎取養。視駝所種樹或移徙無不活。且碩茂。蚤實以蕃。他植者雖窺伺傚慕。莫能如也。有

借講論叙事

王守溪曰此数句就植木上說道理亦說得十分痛快

問之。對曰。橐駝非能使木壽且孳也。能順木之天以致其性焉爾。凡植木之性。其本欲舒。其培欲平。其土欲故。其築欲密。既然已。勿動勿慮。去不復顧。其蒔也若子。其置也若棄。則其天者全。而其性得矣。故吾不害其長而已。非有能碩而茂之也。不抑耗其實而已。非有能蚤而蕃之也。他植者則不然。根拳而土易。其培之也。若不過焉則不及焉。苟有能反是者。則又愛之太恩。憂

生一意与梓人傳同

寫出俗吏民間疾苦讀之令人悽然可与韓文公贈崔復州序

之太勤旦視而暮撫已去而復顧甚者爪其膚以驗其生枯搖其本以觀其疏密而木之性日以離矣雖曰愛之其實害之雖曰憂之其實讐之故不我若也吾又何能爲哉問者曰以子之道移之官理可乎駝曰我知種樹而已理非吾業也然吾居鄉見長人者好煩其令若甚憐焉而卒以禍旦暮吏來而呼曰官命促而耕勗爾植督爾穫蚤繅而緒蚤織而縷字而幼孩遂而

參觀

楊升菴曰歸結處似淡然一篇精神命脈全頓此句收拾便覺淡中有味

雞豚。鳴鼓而聚之。擊木而召之。吾小人輟飧饔以勞吏者。且不得暇。又何以蕃吾生而安吾性耶。故病且怠。若是。則與吾業者其亦有類乎。問者嘻曰。不亦善夫。吾問養樹得養人術。傳其事以爲官戒也。

守官者當深體此文

次序摹寫井井入構

以言語代叙事

梓人傳

裴封叔之第在光德里有梓人款其門願傭隟宇而處焉所職尋引規矩繩墨家不居礱斲之器問其能曰吾善度材視棟宇之制高深圓方短長之宜吾指使而羣工役焉捨我衆莫能就一宇故食於官府吾受祿三倍作於私家吾收其直太半焉他日入其室其牀闕足而不能理曰將求他工余甚笑之謂其無能而貪祿嗜貨

林次崖曰此段序梓人之能可謂曲盡句法亦瀟洒可愛

王應麟曰既成數句尤極含蓄

者。其後京兆尹將飾官署。余往過焉。委羣材。會衆工。或執斧斤。或執刀鋸。皆環立嚮之。梓人左持引。右執杖。而中處焉。量棟宇之任。視木之能舉。揮其杖曰斧。彼執斧者奔而右。顧而指曰鋸。彼執鋸者趨而左。俄而斤者斲。刀者削。皆視其色。俟其言。莫敢自斷者。其不勝任者怒而退之。亦莫敢慍焉。畫宮於堵。盈尺而曲盡其制。計其毫釐而構大廈。無進退焉。既成。書於上棟曰某

爲下文張本乃一篇精神命脈

林次崖曰此關相通之合梓人

年某月某日某建則其姓字也凡執用之工不在列余圜視大駭然後知其術之工大矣繼而歎曰彼將捨其手藝專其心智而能知體要者歟吾聞勞心者役人勞力者役於人役其勞心者歟能者用而智者謀彼其智者歟是足爲佐天子相天下法矣物莫近乎此也彼爲天下者本於人其執役者爲徒隸爲鄉師里胥其上爲下士又其上爲中士爲上士又其上爲大夫爲

以下將工梓人一一番案

嚴凡五段文勢層層措詞有法

接過後四段段段回應得好

卿爲公。離而爲六職。判而爲百役。外薄四海。有方伯連率。郡有守。邑有宰。皆有佐政。其下有胥吏。又其下皆有嗇夫版尹。以就役焉。猶衆工之各有執伎以食力也。彼佐天子相天下者。舉而加焉。指而使焉。條其綱紀而盈縮焉。齊其法制而整頓焉。猶梓人之有規矩繩墨以定制也。擇天下之士。使稱其職。居天下之人。使安其業。視都知野。視野知國。視國知天下。其遠邇細大。可手據其圖而究焉。猶梓人畫宮於堵而績于成也。能者進而由之。使無所德。不能者退而休之。亦莫敢慍。不衒能。不矜名。不親小勞。不侵衆官。日與天下之英才。討論其大經。猶梓人之善運衆工而不伐藝也。夫然後相道得。而萬國理矣。相道既得。萬國既理。天下舉首而望曰。吾相之工也。後之人循跡而慕曰。彼相之才也。士或談殷周之理者曰。伊傅周召。其百執事之勤勞而不得紀焉。猶梓人自名其功而執用者不列也。大哉相乎。通是道者。所謂相而已矣。其不知體要者反此。以恪勤爲公。以簿書爲尊。衒能矜名。親小勞。侵衆官。竊取六職百役之事。听听於府庭。而遺其大者遠者焉。所謂不通是道者也。猶梓人而不知繩墨之曲直。規矩之方圓。尋引之短長。姑奪衆工之斧斤刀鋸以佐其藝。又不能備其工。以至敗績用而無所成也。不亦謬歟。或曰。彼主爲室者。儻或發其私智。牽制梓人之慮。奪其世首。而道謀是用。雖不能成功。豈其罪耶。亦在任之而已。余曰。不然。夫繩墨誠陳。規矩誠設。高者不可抑而下也。狹者不可張而廣也。由我則固。不由我則圮。彼將樂去固而就圮也。則卷其術。默其智。悠爾而去。不屈吾道。是誠良梓人耳。其或嗜其貨利。忍而不能捨也。喪其制量。屈而不能守也。棟橈屋壞。則曰非我罪也。可乎

哉。可乎哉。余謂梓人之道類於相。故書而藏之

梓人。葢古之審曲面勢者。今謂之都料匠云。余

所遇者楊氏。潛其名。

宋清傳

宋清。長安西部藥市人也。居善藥。有自山澤來者。必歸宋清氏。清優主之。長安醫工得清藥。輔其方。輒易讎。咸譽清。疾病疕瘍者。亦皆樂就清求藥。冀速已。清皆樂然響應。雖不持錢者。皆與善藥。積券如山。未嘗詣取直。或不識遙與券。清不爲辭。歲終。度不能報。輒焚券。終不復言。市人以其異。皆笑之曰。清蚩妄人也。或曰。清其有道

篇末去

者歟。清聞之曰。清逐利以活妻子耳。非有道也。然謂我蚩妄者亦謬。清居藥四十年。所焚券者百數十人。或至大官。或連數州。受俸博。其餽遺清者。相屬於戶。雖不能立報。而以賒死者千百。不害清之爲富也。清之取利遠。遠故大。豈若小市人哉。一不得直。則怫然怒。再則罵而仇耳。彼之爲利。不亦翦翦乎。吾見蚩之有在也。清誠以是得大利。又不爲妄執其道不廢卒以富求者

極力摹寫

以下無限深情

王荊石曰臨了出或曰更奇

益衆其應益廣或斤棄沉廢親與交視之落然者清不以怠遇其人必以善藥如故一旦復柄用益厚報清其遠取利皆類此吾觀今之交乎人者炎而附寒而棄鮮有能類清之爲者世之言徒曰市道交嗚呼清市人也今之交有能望報如清之遠者乎幸而庶幾則天下之窮困廢辱得不死亡者衆矣市道交豈可少耶或曰清非市道人也柳先生曰清居市不爲市之道然

而居朝廷居官府居庠塾鄉黨以士大夫自名者反爭爲之不已悲夫然則淸非獨異於市人也。

　　亦風刺之言

王荊石曰雄健

館驛使壁記

凡萬國之會。四夷之來。天下之道塗。畢出於邦畿之內。奉貢輸賦。修職於王都者。入于近關。則皆重足錯轂。以聽有司之命。徵令賜予。布政于下國者。出于甸服。而後按行成列。以就諸侯之館。故館驛之制。於千里之內尤重。自萬年至于渭南。其驛六。其蔽曰華州。其關曰潼關。自華而北。界于櫟陽。其驛　其蔽曰同州。其關曰蒲津。

何等布置

自灞而南至于藍田其驛六其蔽曰商州其關曰武關自長安至于盩厔其驛十有一其蔽曰洋州其關曰華陽自武功西至于好畤其驛三其蔽曰鳳翔府其關曰隴關自渭而北至于華原其驛九其蔽曰方州自咸陽而西至于奉天其驛六其蔽曰邠州由四海之內總而合之以至于關由關之內束而會之以至于王都華人夷人往復而受館者旁午而至傳吏奉符而閱

土荆石同下四
其字不掛偶

其數。縣吏執牘而書其物。告至告去之役。不絕於道。寓望迎勞之禮。無曠於日。而春秋朝陵之邑。皆有傳館。其飲飫餼饋。咸出於豐給。繕完築復。必歸於整頓。列其田租。布其貨利。權其入而用其積。於是有出納奇贏之數。勾會考校之政。大曆十四年。始命御史爲之。使俾考其成。以質于尚書。季月之晦。必合其簿書。以視其等列。而校其信宿。必稱其制。有不當者。反之於官。尸其事者有勞焉。則復于天子而優升之。勞大者增其官。其次者降其調之數。又其次。猶異其考績。官有不職。則以告而罪之。故月受俸二萬于太府。史五人承符者。二人皆有食焉。先是假廢官之印而用之。貞元十九年。南陽韓泰告于上。始鑄使印而正其名。然其嗣當斯職。未嘗有記之者。追而求之。蓋數歲而往則失之矣。今余爲之記。遂以韓氏爲首。且曰修其職。故首之也。

中條貫麗樵丙文所點次處若掌

王荊石曰闊壯森嚴豈非傑作

嶺南節度使饗軍堂記

唐制嶺南爲五府府部。州以十數。其大小之戎。號令之用。則聽于節度使焉。其外大海多蠻夷。由流求訶陵。西抵大夏康居。環水而國以百數。則統于押蕃舶使。內之幅員萬里。以執秩拱玉。稽時聽教命。外之羈屬數萬里。以譯言贄寶。歲帥貢職合二使之重以治于廣州故賓軍之事。宜無與校大。且賓有牲牢饔餼。嘉樂好禮。以同遠合蹠軍有犒饋宴饗勞旅勤歸以羣力一心於是治也閈閎階序不可與他邦類必厚棟大梁夷庭高門然後可以上克於揖讓下周於步武今御史大夫扶風公廉廣州且專二使增德以來遠人申威以修戎政大饗宴合樂從其豊盈先是爲堂於治城西北陬其位公北向賓衆南向奏部伎于其西視泉池于其東隅奧庳仄庭廡下陋日未及晡則赫炎當目汗眩更起而

禮莫克終。故凡大宴饗。大賓旅。則寓于外壘。儀形不稱。公于是始斥其制。爲堂南面。横八楹。縱十楹。嚮之宴位。化爲東序。西又如之。其外更衣之次。膳食之宇。列觀以游目。偶亭以展聲。彌望極顧。莫究其往。泉池之舊。增濬益植。以暇以息。如在林壑。問工焉取。則師輿是供。問役焉取。則蠻夷是徵。問材焉取。則隙宇是遷。或益其闕。伐山浮海。農賈拱手。張目視具。乃十月甲子元成。

公命饗于新堂。幢牙葺纛。金節析羽。旂旗旟旞。咸飾于下。鼓以鼖晉。金以錞鐃。公與監軍。使肅上賓。延群僚將校士吏。咸次于位。卉裳罽衣。胡夷蜑（音但）蠻。雎盱就列者。千人以上。鉶鼎體節。燔炰胾炙。羽鱗貍互之物。沉泛醍盎之齊。均飫于卒士。與王之舞。服夷之伎。揳擊吹鼓之音。飛騰幻怪之容。寰觀于遠邇。禮成樂遍。以叙而賀。且曰。是邦臨護之大。五人合之。非是堂之制。不可以備物非公之德不可以容衆曠于徃初肇自今茲大和有人以覩遠方古之戎政其曷用加此華元名大夫也殺羊而御者不及霍去病良將軍也餘肉而士有飢色猶克稱能以垂到今矧茲具美其道不廢顧訪于金石以永示後祀遂相與來告且乞辭其讓不獲乃刻于茲石

嶺南節度使所領者重鎮所建饗軍堂之制亦弘敞而文亦稱

從史傳書一段來

王荆石曰別奇着如字看來若碧石華葉乃實景着如字不得乎

游黃溪記

北之晉西適幽東極吳南至楚越之交其間名山水而州者以百數永最善環永之治百里北至于浯溪西至于湘之源南至于瀧泉東至于黃溪東屯其間名山水而村者以百數黃溪最善黃溪距州治七十里由東屯南行六百步至黃神祠祠之上兩山牆立如丹碧之華葉駢植與山升降其缺者為崖峭巖窟水之中皆小石

平布黄神之上。揭水八十步至初潭。最奇麗。殆不可狀。其畧若剖大甕側立千尺。溪水積焉。黛蓄膏渟。來若白虹沉沉無聲。有魚數百尾。方來會石下。南去又行百步至第二潭。石皆巍然。臨峻流若頦頷斷齶。其下大石離列可坐飲食。有鳥赤首烏翼大如鵠方東嚮立。自是又南數里。地皆一狀。樹益壯。石益瘦。水鳴皆鏘然。又南一里至大冥之川。山舒水緩。有土田。始黄神爲人時居其地傳者曰。黃神王姓。莽之世也。莽既死。神更號黃氏。逃來。擇其深峭者潛焉。始莽嘗曰。余黃虞之後也。故號其女曰。黃皇室主。黃與王。聲相邇而又有本。其所以傳言者益驗。神既居是。民咸安焉。以爲有道死乃俎豆之。爲立祠。後稍徙近乎民。今祠在山陰溪水上。元和八年五月十六日既歸。爲記以啟後之好游者。

予按柳子所謫永州柳州大較五嶺以南

多名山削壁清泉怪石而子厚遷以文章之雋傑客茲土者久之愚竊謂公與山川兩相遭非子厚之困且久不能以搜巖穴之奇非巖穴之怪且幽亦無以發子厚之文予聞過興州恣情山水間始信子厚非予欺而且恨永柳州以外其他勝槩猶多與永柳州相頡頏且爲過之者而卒無傳焉抑可見天地内不特遺才而不得試當

併有名山絶壑而不得自炫其奇於騷人
筆墨之文者可勝道哉

興州江運記

御史大夫嚴公牧于梁。五年。嗣天子用周漢進律增秩之典。以親諸侯。謂公有功德理行。就加禮部尚書。是年四月。使中謁者。來錫公命。賓僚吏屬。將校卒士。黨老童孺。塡溢公門。舞躍歡呼。願建碑紀德。垂億萬祀。公固不許。而相與怨咨。遑遑如不飲食。於是西鄙之人。密以刋山導江之事願刻巖石。曰。維梁之西。其蔽曰某山。其守

此言陸路之艱

曰興州。興州之西爲戎居。歲備亭障。實以精卒。以道之險隘。兵困于食。守用不固。公患之曰。吾嘗爲興州。凡其土人之故。吾能知之。自長舉北至於青泥山。又西抵（音折）于成州。過栗亭川。踰寶井堡。崖谷峻隘。十里百折。負重而上。若蹈利刃。盛秋水潦。窮冬雨雪。深泥積水。相輔爲害。顛踣騰藉。血流棧道。糗糧芻藁。塡谷委山。牛馬羣畜。相藉物故。餫（音運）夫畢力。守卒延頸。嗷嗷之聲。其可哀

此言江路之便

也。若是者綿三百里而餘。自長舉而西。可以導江而下。二百里而至。昔之人。莫得知也。吾受命于君而育斯人。其可已乎。乃出軍府之幣以備器用。卽山僦功。由是轉巨石。朴大木。焚以炎火。沃以食醯。摧其堅剛。化爲灰燼。畚鍤之下。易甚朽壤。乃闢乃墾。乃宣乃理。隨山之曲直以休人力。順地之高下以殺湍悍。厥功既成。咸如其素。於是決去壅土。疏導江濤。萬夫呼抃。莫不如志

王荊石曰右前

以下本公之節用所致

雷騰雲奔。百里一瞬。既會既遠。淡爲安流。烝徒謳歌。枕卧而至。戍人無虞。專力待寇。惟我公之功。疇可侔也。而無以酬德。致其大願。又不可得命。矧公之始來。屬當惡歲。府庾甚虛。器備甚殫。飢饉昏札。死徒充路。賴公節用愛人。克安而生。老窮有養。幼乳以遂。不問不使。咸得其志。公命鼓鑄。庫有利兵。公命屯田。師有餘糧。選徒練旅。有衆孔武。平刑議獄。有衆不贖。增石爲防。膏我

王荊石曰有力

林次崖曰又回顧請記之人

稻粱。歲無凶災。家有積倉。傳館是飾。旅忘其歸。杠梁以成。人不履危。若是者。皆以戎隙。帥士而爲之。不出四人之力。而百役已就。且我西部之職。官故不能具舉。惟公和恒直方。廉毅信讓。敦尚儒學。揖損貴位。率忠與仁。以厚其誠。有可以安利于人者。行之堅勇。不俟終日。其興功濟物。宜如此其大也。昔之爲國者。惟水事爲重。故有障大澤。勤其官。而受封國者矣。西門遺利。史起興歎。白圭壑隣。孟子不與。公能夷險休勞。以惠萬代。其功烈由章章焉。不可蓋也。是用假辭謁工。勒而存之。用永憲于後祀。

點次陸水處如掌

此文起亦自奇

全義縣復北門記

賢者之興而愚者之廢廢而復之爲是習而循之爲非恒人且猶知之不足乎列也然而復其事必由乎賢者推是類以從於政其事可少哉賢莫大於成功愚莫大於恡且誣桂之中嶺而邑者曰全義衛公城之南越以平盧遵爲全義視其城塞北門鑿他雉以出問之其門人曰餘百年矣或曰巫言是不利於令故塞之或曰以

賓旅之多。有懼竭其餼饋者。欲迴其途。故塞之。遵曰。是非憸且誣歟。賢者之作。思利乎人。反是罪也。余其復之。詢于羣吏。羣吏叶厥謀。上于大府。大府以俞。邑人便焉。讙舞里閭。居者思止其家。行者樂出其塗。由是道以廢邪用賢棄愚推以華物。宜民之蘇。若是而不列。殆非孔子徒也。爲之記云。

唐荊川曰小題自作議論

楊升菴曰此叙是堂爲荒穢之處以起下意見公能新是堂于政理之暇所以爲有功云爾

永州新堂記

將爲穹谷嵁巖淵池於郊邑之中則必輦山石溝澗壑凌絶嶮阻疲極人力乃可以有爲也然而求天作地生之狀咸無得焉逸其人因其地全其天昔之所難今於是乎在永州實惟九疑之麓其始度土者環山爲城有石焉（清々理）翳于奥草有泉焉伏于土塗蛇虺之所蟠狸鼠之所游茂樹惡木嘉葩毒卉亂雜而爭植號爲穢墟韋公

王荆石曰如畫

之來既逾月理甚無事望其地且異之始命芟其蕪行其塗積之丘如蠲之瀏如既焚既釃奇勢迭出清濁辨質美惡異位視其植則清秀敷舒視其蓄則溶漾紆餘怪石森然周于四隅或列或跪或立或仆竅穴逶邃堆阜突怒乃作棟宇以爲觀游凡其物類無不合形輔勢效伎於堂廡之下外之連山高原林麓之崖間厠隱顯邇延野綠遠混天碧咸會於譙門之内已乃延

吳門倫曰寫意纖規善中生有致之

客入觀。繼以宴。誤武賛且賀曰。見公之作。知公之志。公之因土而得勝。豈不欲因俗以成化。公之釋惡而取美。豈不欲除殘而佑仁。公之蠲濁而流清。豈不欲廢貪而立廉。公之居高以望遠。豈不欲家撫而戶曉。夫然則是堂也。豈獨草木土石水泉之適歟。山原林麓之觀歟。將使繼公之理者。視其細知其大也。宗元請志諸石。措諸壁。編以爲二千石楷法。

以下不免俗調而文亦往往佛

民情土俗種種可玩

零陵郡復乳穴記

石鍾乳。餌之最良者也。楚越之山多產焉。于連于韶者。獨名於世。連之人。告盡焉者五載矣。以貢則買諸他郡。今刺史崔公至逾月。穴人來以乳復告。邦人悅是祥也。雜然謠曰。甿之熙熙。崔公之來。公化所徹。土石蒙烈。以爲不信。起視乳穴。穴人笑之曰。是惡知所謂祥耶。嚮吾以刺史之貪戾嗜利。徒吾役而不吾貨也。吾是以病而

王荊石曰士聞之曰亦常語而下得奇

紿焉。令吾刺史。令明而志潔。先賴而後力。欺誣屏息。信順休洽。吾以是誠告焉。且夫乳穴必在深山窮林。氷雪之所儲。豺虎之所廬。由而入者。觸昏霧。扞龍蛇。束火以知其物。縻繩以志其返。其勤若是。出又不得吾直。吾用是。安得不以盡告。今令人而乃誠吾告故也。何祥之爲。士聞之

一本無令人二字

曰。謠者之祥也。乃其所謂怪者也。笑者之非祥也。乃其所謂眞祥者也。君子之祥也。以政不以

怪。誠乎物而信乎道。人樂用命。熙熙然以效其有斯其爲政也而獨非祥也歟。

敘事奇而來處更奇

林次崖曰其言若悔其變亦是

零陵三亭記

邑之有觀游或者以爲非政是大不然夫氣煩則慮亂視壅則志滯君子必有游息之物高明之具使之清寧平夷恒若有餘然後理達而事成零陵縣東有山麓泉出石中沮洳汙塗群畜食焉牆藩以蔽之爲縣者積數十人莫知發視河東薛存義以吏能聞荆楚間潭部舉之假湘源令會零陵政尨賦擾民訟于牧推能濟弊來

林次崖曰此序作亭之由

林次崖曰以下寫亭景物

莅茲邑。逋逃復還。愁痛笑歌。逋租匿役。朞月辨理。宿蠹藏奸。披露首服。民旣卒稅。相與歡歸道途。迎賀里閭。門不施胥吏之席。耳不聞鼛鼓之召。雞豚糗醑。得及宗族。州牧尚焉。旁邑倣焉。然而未嘗以劇自撓。山水鳥魚之樂。澹然自若也。乃發牆藩。驅羣畜。决疏沮洳。搜剔山麓。萬石如林。積坳爲池。爰有嘉木美卉。垂水藂峯。瓏玲蕭條。清風自生。翠煙自留。不植而遂。魚樂廣閒。鳥

既以游觀爲政
而中又寓箴規

慕靜深別孕巢穴沉浮嘯萃不蓄而富伐木墜江流于邑門陶土以塡亦在署側人無勞力土得以利乃作三亭陟降晦明高者冠山顛下者俯清池更衣膳饔列置備具賓以燕好旅以館舍高明游息之道具於是邑由薛爲首在昔裨諶謀野而獲宓子彈琴而理亂慮滯志無所容入則夫觀游者果爲政之具歟薛之志其果出於是歟及其弊也則以玩替政以荒去理使繼

是者。咸有薛之志。則邑民之福其可既乎。余愛
其始。而欲久其道。乃撰其事以書于石。薛拜手
曰。吾志也。遂刻之。

撈籠勝槩却又別出一番見解

王荊石曰題本平淡而精悍鬱然讀之可喜

道州毀鼻亭神記

鼻亭神象祠也不知何自始立因而勿除完而恒新相傳且千歲元和九年河東薛公由刑部郎中刺道州除穢革邪敷和于下州之罷人去亂即治變呻爲謳若痿而去若朦而瞭騰踴相視讙愛克順既底于理公乃考民風披地圖得是祠駭曰象之道以爲子則傲以爲弟則賊君有鼻而天子之吏實理以惡德而專世祀殆非

屬前

化吾人之意哉。命亟去之。於是撤其屋。墟其地。沉其主於江。公又懼楚俗之尚鬼而難諭也。乃徧告于人曰。吾聞鬼神不歆非類。又曰。淫祀無福。凡天子命刺史于下。非以專土疆。督貨賄而已也。蓋將教孝悌去奇邪。俾斯人敦忠睦友。祗肅信讓以順于道。吾之斥是祠也。以明教也。苟離于正。雖千載之違吾得而更之。況今茲乎。苟有不善。雖異代之鬼吾得而攘之。況斯人乎。州

唐荆川曰無中生有

民既諭。相與歌曰。我有耉老。公燠其肌。我有病癃。公起其羸。髫童之嚚。公實智之。鰥孤孔艱。公實遂之。孰尊惡德。遠矣自古。孰羡淫昏。俾我斯瞽。千歲之冥。公闢其戶。我子泊孫。延世有慕。宗元時謫永州。邇公之邦。聞其歌詩。以爲古道。罕用。賴公而存。斥一祠而二敎興焉。明罰行于鬼神。愷悌達于蠻夷。不惟禁淫祠黜非類而已。願爲記以刻山石。俾知敎之首。

王荆石曰文至淡而濃極淡而濃美矣

潭州東池戴氏堂記

弘農公刺潭三年。因東泉爲池。環之九里。丘陵林麓距其涯。坻島洲渚交其中。其岸之突而出者。水縈之若玦焉。池之勝。於是爲寂。公曰。是非離世樂道者。不宜有此。卒授賓客之選者。譙國戴氏曰簡。爲堂而居之。堂成而勝益奇。望之若連艫縻艦。與波上下。就之顛倒萬物。遼廓眇忽。樹之松栢杉櫧。被之菱芡芙蕖。鬱然而陰。粲然

此以晏遊休息之所爲進德脩業之資讀到此令人心胸開豁

而榮。凡觀望浮游之美。專於戴氏矣。戴氏嘗以文行。累爲連率所賓禮。貢之澤宮。而志不願仕。與人交。取其退讓。受諸侯之寵。不以自大。其離世歟。好孔氏書。旁具莊文。莫不總統。以至虛爲極。得受益之道。其樂道歟。賢者之舉也必以類。當弘農公之選。而專茲地之勝。豈易而得哉。地雖勝。得人焉而居之。則山若增而高。水若闢而廣。堂不待飾而已奐矣。戴氏以泉池爲宅居。以雲物爲朋徒攄幽發粹目與之娛則行宜益高文宜益峻道宜益懋交相贊者也既碩其內又揚于時吾懼其離世之志不果矣君子謂弘農公刺潭得其政爲東池得其勝授之得其人豈非動而時中者歟於戴氏堂也見公之德不可以不記

唐荆川曰周匝曲折渾成此柳文之佳者

王荆石曰文中之賦

起處便措意新

桂州訾家洲亭記

大凡以觀游名於代者。不過視於一方。其或傍達左右則以爲特異至若不鶩遠不陵危環山洄江四出如一夸奇競秀咸不相讓徧行天下者唯是得之。桂州多靈山。發地峭堅。林立四野。署之左曰灕水。水之中曰訾氏之洲。凡嶠南之山川。達于海上。於是畢出。而古今莫能知。元和十二年。御史中丞裴公。來莅茲邦都督二十七州諸軍州事。盜遁姦革。德惠敷施。朞年政成。而當天子平淮夷。定河朔。告于諸侯。公既施慶于下。乃合僚吏登茲以嬉。觀望攸長。悼前之遺。於是厚貨居肆。移于閒壤。伐惡木。剃奧草。前指後畫。心舒目行。忽焉若飄浮上騰。以臨雲氣。萬山面内。重江束隘。聯嵐含輝。旋視其宜。常所未覩。倏然互見。以爲飛舞奔走。與遊者偕來。乃經工庀材。考極相方。南爲燕亭。延宇垂阿。步檐更衣。

王荊石曰淡蕩騷姿

如此等句法不免齊梁体

周若一舍北有崇軒以臨千里左浮飛閣右列閒館比舟爲梁與波升降苞灘山含龍宮昔之所大蓄在亭内日出扶桑雲飛蒼梧海霞島霧來助游物其隙則抗月檻於迴谿出風榭於篁中晝極其美又益以夜列星下布顥氣迴合邃然萬變若與安期羨門接於物外則凡名觀游於天下者有不屈伏退讓以推高是亭者乎既成以燕歡極而賀咸曰昔之遺勝槩者必於深

山窮谷。人罕能至。而好事者後得以爲己功。未有直治城挾闤闠車輿步騎朝過夕視。訖千百年莫或異顧。一旦得之遂出於他邦。雖博物辯口莫能舉其上者。然則人之心目其果有遼絕特殊而不可至者耶。蓋非桂山之靈不足以瓌觀。非是洲之曠不足以極是非公之鑒不能以獨得。噫。造物者之設是久矣。而盡之於今。余其可以無藉乎。

池之勝團奇峭文亦稱之

唐荊川曰天然形勝天然句法可稱兩絶

邕州馬退山茅亭記

冬十月。作新亭于馬退山之陽。因高丘之阻以面勢無榑櫨節棁之華。不斲椽。不翦茨。不列墻。以白雲爲籓籬。碧山爲屏風。昭其儉也。是山崒然起於莽蒼之中。馳奔雲矗。亘數十百里。尾蟠荒陬。首注大溪。諸山來朝。勢若星拱。蒼翠詭狀。綺綰繡錯。蓋天鍾秀於是。不限於遐裔也。然以壤接荒服。俗參夷徼。周王之馬迹不至。謝公之

王維禎曰每風止雨收一段直寫浴沂風雩氣象至于手揮絲桐目送還雲之句則奇絶矣

屐齒不及。巖徑蕭條。登探者以爲嘆。歲在辛卯。我仲兄以方牧之命。試于是邦。夫其德及故信孚。信孚故人和。人和故政多暇。由是嘗徘徊北山。以寄勝槩。廼壁廼塗。作我攸宇。於是不崇朝而木工告成。每風止雨收。煙霞澄鮮。輒角巾鹿裘。率昆弟友生冠者五六人。步山極而登焉。於是手揮絲桐。目送還雲。西山爽氣。在我襟袖。以極萬類。攬不盈掌。夫美不自美。因人而彰。蘭亭

崔昆湖曰善鋪敘善粧點遂成一篇好文字到末愈覺精神

也。不遭右軍。則淸湍修竹。蕪沒於空山矣。是亭也。僻介閩嶺。佳境罕到。不書所作。使盛跡鬱堙。是貽林間之媿。故志之。

與致舉寫足稱山水

唐荊川曰神色酣暢

王荊石曰如儆珠

王荊石曰此題中始得二字

始得西山宴游記

自余爲僇人。居是州。恒惴惴其隟也。（同隙）則施施而行。漫漫而遊。日與其徒上高山。入深林。窮迴溪。幽泉怪石。無遠不到。到則披草而坐。傾壺而醉。醉則更相枕以卧。意有所極。夢亦同趣。覺而起。起而歸。以爲凡是州之山。有異態者。皆吾有也。而未始知西山之怪特。（此句正見始得与未一句）今年九月二十八日。因坐法華西亭。望西山。始指異之。遂命僕過湘江。

松石

緣染溪斫榛莽。焚茅茷。窮山之高而止。攀援而登。箕踞而遨。則凡數州之土壤。皆在衽席之下。其高下之勢。岈然洼然。若垤若穴。尺寸千里。攢蹙累積莫得遯隱。縈青繚白。外與天際。四望如一。然後知是山之特出不與培塿爲類。悠悠乎與灝氣俱而莫得其涯。洋洋乎與造物者遊。而不知其所窮。引觴滿酌。頹然就醉。不知日之入。蒼然暮色。自遠而至。至無所見。而猶不欲歸心

王荆石曰冥化冥合語類與形氣俱不如与物不畟之德

凝形釋與萬化冥合然後知吾嚮之未始遊游於是乎始故爲之文以志

公之探奇所向若神助

鈷鉧潭記

鈷鉧潭在西山西。其始蓋冉水自南奔注。抵山石。屈折東流。其顛委勢峻。盪擊益暴。齧其涯。故旁廣而中深。畢至石乃止。流沫成輪。然後徐行。其清而平者。且十畝。有樹環焉。有泉懸焉。其上有居者。以予之亟遊也。一旦款門來告曰。不勝官租私券之委積。既芟山而更居。願以潭上田。貿財以緩禍。予樂而如其言。則崇其臺。延其檻。

土荊石曰點綴小景遂成大觀

行其泉。於高者墜之。潭有聲潨然。尤與中秋觀月爲宜。於以見天之高。氣之迥。孰使予樂居夷。而忘故土者。非兹潭也歟。

奇絶

奇

羅洪先曰此段狀山石之奇宕盡小丘之巨觀當令茲記與茲丘千古生色

鈷鉧潭西小丘記

得西山後八日。尋山口西北道二百步。又得鈷鉧潭西二十五步。當湍而浚者。爲魚梁。梁之上有丘焉。生竹樹。其石之突怒偃蹇。負土而出。爭爲奇狀者。殆不可數。其嶔然相累而下者。若牛馬之飲于溪。其衝然角列而上者。若熊羆之登于山。丘之小。不能一畝。可以籠而有之。問其主。曰。唐氏之棄地。貨而不售。問其價。曰。止四百。余憐而售之。李深源元克已時同遊。皆大喜出自意外。即更取器用。剷刈穢草。伐去惡木。烈火而焚之。嘉木立。美竹露。奇石顯。由其中以望。則山之高。雲之浮。溪之流。鳥獸魚之遨遊。舉熙熙然迴巧獻伎。以效茲丘之下。枕席而臥。則清冷之狀與目謀。瀯瀯之聲與耳謀。悠然而虛者與神謀。淵然而靜者與心謀。不匝旬而得異地者二。雖古好事之士。或未能至焉。噫。以茲丘之勝。致

一轉更新

羅洪先曰結得開敞

之澧鎬鄠杜則貴游之士爭買者日增千金而愈不可得今棄是州也農夫漁夫過而陋之賈四百連歲不能售而我與深源克巳獨喜得之是其果有遭乎書于石所以賀茲丘之遭也

公之好奇如貪夫之籠百貨而其文亦變幻百出

柳柳州文鈔

〔唐〕柳宗元 撰
〔明〕茅坤 選評

拾瑤叢書

下册

文物出版社

柳文目録卷之五

記

永州萬石亭
柳州山水近治可遊者記
永州龍興寺東丘記
永州龍興寺息壤記
永州法華寺新作西亭記
永州龍興寺修淨土院記
永州鐵爐步志

論議辨

辯文子
辯鬼谷子
辯晏子春秋
辯亢倉子
辯鶡冠子

栁文目錄卷之五 終

柳文卷之五

至小丘西小石潭記

從小丘西行百二十步隔篁竹聞水聲如鳴珮環心樂之伐竹取道下見小潭水尤清洌泉石以爲底近岸卷石底以出爲坻（音遲）爲嶼爲嵁爲巖青樹翠蔓蒙絡搖綴參差披拂潭中魚可百許頭皆若空游無所依日光下澈影布石上怡然不動俶爾遠逝往來翕忽似與遊者相樂潭西

南而望斗折蛇行明滅可見其岸勢犬牙差互
不可知其源坐潭上四面竹樹環合寂寥無人
凄神寒骨悄愴幽邃以其境過清不可久居乃
記之而去同游者吳武陵龔古余弟宗玄隸而
從者崔氏二小生曰恕己曰奉壹

王荆公曰精絜

唐荆川曰此段似子虛賦

袁家渴記

由冉溪西南。水行十里。山水之可取者五。莫若鈷鉧潭。由溪口而西陸行。可取者八九。莫若西山。由朝陽巖東南水行。至蕪江可取者三。莫若袁家渴。皆永中幽麗奇處也。楚越之間。方言謂水之反流者爲渴。音若衣褐之褐。渴上與南館高嶂合。下與百家瀨合。其中重洲小溪。澄潭淺渚。間厠曲折。平者深黑。峻者沸白。舟行若窮。忽又無際。有小山出水中。山皆美石。石上生青叢。冬夏常蔚然。其旁多巖洞。其下多白礫。其樹多楓柟石楠。楩櫧樟柚。草則蘭芷。又有異卉。類合歡而蔓生。轇轕水石。每風自四山而下。振動大木。掩苒衆草。紛紅駭綠。蓊葧香氣。衝濤旋瀨。退貯谿谷。搖颺葳蕤。與時推移。其大都如此。余無以窮其狀。永之人未嘗遊焉。余得之不敢專也。出而傳於世。其地世主袁氏。故以名焉。

景奇興亦奇

石渠記

自渴西南行。不能百步。得石渠。民橋其上。有泉幽幽然。其鳴乍大乍細。渠之廣。或咫尺。或倍尺。其長可十許步。其流抵大石。伏出其下。踰石而往。有石泓。昌蒲被之。青鮮環周。又折西行。旁陷巖石下。北墮小潭。潭幅員減百尺。清深多鯈魚。又北。曲行紆餘。睨若無窮。然卒入于渴。其側皆詭石怪木。奇卉美箭。可列坐而庥焉。風搖其顛韻動崖谷視之既靜其聽始遠予從州牧得之。攬去翳朽。決疏土石。既崇而焚。既釃而盈。惜其未始有傳焉者。故累記其所屬。遺之其人。書之其陽。俾後好事者。求之得以易。元和七年正月八日。蠲渠至大石。十月十九日。踰石得石泓小潭。渠之美於是始窮也。

清冽

石澗記

石渠之事既窮上由橋西北下土山之陰。民又橋焉。其水之大。倍石渠三之。亘石爲底。達于兩涯。若床若堂。若陳筵席。若限閫奥。水平布其上。流若織文。響若操琴。揭跣而往。折竹掃陳葉。排腐木。可羅胡床十八九。居之。交絡之流。觸激之音。皆在床下。翠羽之木。龍鱗之石。均蔭其上。古之人。其有樂乎此耶。後之來者。有能追余之踐

押尾

履耶。得意之日。與石渠同。由渴而來者。先石渠。後石澗。由百家瀨上而來者。先石澗。後石渠。澗之可窮者。皆出石城村東南。其間可樂者數焉。其上深山幽林。逾峭嶮道狹。不可窮也。

點綴如明珠翠羽

小石城山記

自西山道口徑北。踰黄茅嶺而下。有二道。其一西出。尋之無所得。其一少北而東。不過四十丈。土斷而川分。有積石横當其垠。其上爲睥睨梁欐之形。其旁出堡塢。有若門焉。窺之正黑。投以小石。洞然有水聲。其響之激越。良久乃已。環之可上。望甚遠。無土壤而生嘉樹美箭。益奇而堅。其疏數偃仰。類智者所施設也。噫。吾疑造物者

王荊石曰風流蘊態

不了語讀之有餘韻

之有無久矣。及是。愈以爲誠有。又怪其不爲之於中州。而列是夷狄。更千百年。不得一售其伎。是故勞而無用。神者儻不宜如是。則其果無乎。或曰。以慰夫賢而辱於此者。或曰。其氣之靈不爲偉人。而獨爲是物。故楚之南少人而多石。是二者。余未信之。

借石之瑰瑋以壯胷中之奇氣

怪语

柳州東亭記

出州南譙門左行二十六步。有棄地在道南。南值江。西際垂陽傳置。東曰東館。其内草木猥奥。有崖谷。傾亞缺圮。豕得以爲囿。蛇得以爲藪。人莫能居。至是始命披刜蠲疏。樹以竹箭松檉桂檜柏杉。易爲堂亭。峭爲杠梁。下上徊翔。前出兩翼。憑空拒江。江化爲湖。衆山横環。嶛闊瀴灣。當邑居之劇。而忘乎人間。斯亦奇矣。乃取館之北宇右。闢之以爲夕室。取傳置之東宇左。闢之以爲朝室。又北闢之以爲陰室。作屋于北牖下。以爲陽室。作斯亭于中。以爲中室。朝室以夕居之。夕室以朝居之。中室日中而居之。陰室以違溫風焉。陽室以違淒風焉。若無寒暑也。則朝夕復。其號既成。作石于中室。書以告後之人。庶勿壞。

元和十二年九月某日。柳宗元記。

王荆石曰壮甚

王荆石曰石状偹此

永州萬石亭記

御史中丞清河南崔公來莅永州。間日登城北墉。臨于荒野藂翳之隙。見怪石特出。度其下必有殊勝。步自西門以求其墟。伐竹披奧。欹仄以入。綿谷跨谿。皆大石林立。渙若奔雲。錯若置碁。怒者虎鬬。企者鳥厲。抉其穴則鼻口相呀。搜其根則蹄股交峙。環行卒愕。疑若搏噬。於是刳闢朽壤。翦焚榛薉。決澮溝。導伏流。散爲疎林。洄爲清池。寥廓泓渟。若造物者。始判清濁。効奇於茲地。非人力也。乃立游亭。以宅厥中。直亭之西。石若掖分。可以眺望其上。青壁斗絶。沉于淵源。莫究其極。自下而望。則合乎攢巒。與山無窮。明日州邑耆老。雜然而至。曰。吾儕生是州。藝是野。眉厖齒鯢。未嘗知此。豈天墜地出。設茲神物。以彰我公之德歟。既賀而請名。公曰。是石之數。不可知也。以其多而命之曰萬石亭。耆老又言曰。懿

王荆石曰勃然而頌，意躍若舞

夫公之名亭也。豈專狀物而已哉。公嘗六爲二千石。既盈其數然而有道之士。咸恨推公之嘉績。未洽於人。敢頌休聲。祝公于明神。漢之三公。秩號萬石。我公之德。宜受茲錫。漢有禮臣。惟萬石君。我公之化。始于閨門。道合于古。祐之自天。野夫獻辭。公壽萬年。宗元嘗以牋奏隸尚書。敢專筆削。以附零陵故事。時元和十年正月五日記。

崔公既授奇决胜而予序之文亦如此

全是叙事不着一句议论感慨却淡宕风雅

柳州山水近治可遊者記

古之州治。在潯水南山石間。今徙在水北。直平四十里。南北東西皆水匯。北有雙山。夾道嶄然。曰背石山。有支川東流。入于潯水。潯水因是北而東。盡大壁下。其壁曰龍壁。其下多秀石可硯。南絶水。有山無麓。廣百尋。高五丈。下上若一。曰甑山。山之南。皆大山多奇。又南且西。曰駕鶴山。壯聳環立。古州治負焉。有泉在坎下。常盈而不流。南有山。正方而崇。類屏者。曰屏山。其西曰四姥山。皆獨立不倚。北流潯水瀨下。又西曰仙奕之山。山之西可上。其上有穴。穴有屏有室有宇。其宇下有流石。成形如肺肝。如茄房。或積于下。如人如禽。如器物甚衆。東西九十尺。南北少半。東登入小穴。常有四尺。則廓然甚大無竅。正黑。燭之。高僅見其宇。皆流石怪狀。由屏南室中入小穴。倍常而上始黑。已而大明。為上室。由上室

王荊石曰此下文如穆天子傳倉卒不可讀然恐有誤字

而上有穴北出出之乃臨大野飛鳥皆視其背其始登者得石枰於上黑肌而赤脉十有八道可弈故以云其上多樫多櫧多篔簹之竹多橐吾其鳥多秭歸石魚之山全石無大草木山小而高其形如立魚在多秭歸西有穴類仙奕入其穴東出其西北靈泉任東趾下有麓環之泉大類轂雷鳴西奔二十尺有洄在石澗因伏無所見多綠青之魚及石鯽多鯈雷山兩崖皆東

西。雷水出焉。蓄崖中曰雷塘。能出雲氣。作雷雨。變見有光。禱用狙魚豆蔬。修形糈稌酒陰虔則應。在立魚南。其間多美山。無名而深峨。山在野中無麓。峨水出焉。東流入于潯水。

王荆石曰杜之蜀詩柳之永記皆千古绝唱

王荊石曰其敞其邃未妥不識更有隹字可易否

永州龍興寺東丘記

游之適大率有二曠如也奥如也如斯而已其地之凌阻峭出幽鬱寥廓悠長則於曠宜抵丘垤伏灌莽迫遽迴合則於奥宜因其曠雖增以崇臺延閣迴環日星臨瞰風雨不可病其敞也因其奥雖增以茂樹藂石穹若洞谷蓊若林麓不可病其邃也今所謂東丘者奥之宜者也其始龕之外棄地余得而合焉以屬於堂之北垂

唐荊川曰轉語自在

王荊石曰提得前語醒且不費力

凡坳窪坻岸之狀。無廢其故。屏以密竹。聯以曲梁。桂檜松杉楩柟之植。幾三百本。嘉卉美石。又經緯之。俛入綠縟。幽蔭薈蔚。步武錯迕。不知所出。溫風不爍。清氣自至。水亭陿室。曲有奥趣。然而至焉者。往往以邃爲病。噫。龍興。永之佳寺也。登高殿可以望南極。闢大門。可以瞰湘流。若是其曠也。而於是小丘。又將披而攘之。則吾所謂游有二者。無乃闕焉。而喪其地之宜乎。丘之幽

王荆石曰臨了更從樂

幽可以處休。丘之宵。宵可以觀妙。溽暑頓去。兹丘之下。太和不遷。兹丘之巔。奥乎兹丘。孰從我游。余無召公之德。懼翦伐之及也。故書以祈後君子。

曠奥二字為案亦奇

神異

此必野文所書
子厚借之以點

永州龍興寺息壤記

永州龍興寺。東北陬有堂。堂之地。隆然負塼甓而起者。廣四步。高一尺五寸。始之爲堂也。夷之而又高。凡持鍤者盡死。永州居楚越閒。其人鬼且禨。由是寺之人皆神之。人莫敢夷。史記天官書。及漢志有地長之占。而亾其說。甘茂盟息壤。蓋其地有是類也。昔之異書。有記洪水滔天。鯀竊帝之息壤。以堙洪水。帝乃令祝融殺鯀于羽

酬得叟

郊。其言不經見。今是土也夷之者。不幸而死豈帝之所愛耶南方多疫。勞者先死。則彼持鍤者其夗於勞且疫也土烏能神。余恐學者之至於斯。徵是言。而唯異書之信。故記于堂上。

[illegible]雖小而點次亦奇

永州法華寺新作西亭記

法華寺居永州地最高。有僧曰覺照。照居寺西廡下。廡之外。有大竹數萬。又其外山形下絕。然而薪蒸篠簜。蒙雜擁蔽。吾意伐而除之。必將有見焉。照謂余曰。是其下。有陂池芙蕖。申以湘水之流。衆山之會。果去是。其見遠矣。遂命僕人持刀斧。羣而翦焉。叢莽下頹。萬類皆出。曠焉茫焉。天爲之益高。地爲之加闢。丘陵山谷之峻。江湖

論對得妙

王荆石曰本色語精

地澤之大。咸若有增廣之者。夫其地之奇必以遺乎後不可曠也。余時謫爲州司馬。官外常員。而心得無事。乃取官之祿秩以爲其亭。其高且廣。蓋方丈者二焉。或異照之居於斯。而不蚤爲是也。余謂昔之上人者。不起宴坐。足以觀於空色之實。而游乎物之終始。其照也逾寂。其覺也逾有。然則嚮之礙之者。爲果礙耶。今之闢之者。爲果闢耶。彼所謂覺而照者。吾詎知其不由是道也。豈若吾族之摯摯於通塞有無之方以自狹耶。或曰。然則宜書之。乃書于石。

曠達

永州龍興寺修淨土院記

中國之西數萬里。有國曰身毒。釋迦牟尼如來示現之地。彼佛言曰西方過十萬億佛土。有世界曰極樂。佛號無量壽如來。其國無有三惡八難。衆寶以爲飾。其人無有十纏九惱。羣聖以爲友。有能誠心大願歸心是土者。苟念力具足。則往生彼國。然後出三界之外。其於佛道無退轉者。其言無所欺也。晉時廬山遠法師作念佛三昧詠大勸于時其後天台顗大師著釋淨土十疑論弘宣其教周密微妙迷者咸賴焉葢其留異跡而去者甚衆永州龍興寺前刺史李承晊及僧法林置淨土堂于寺之東偏常奉斯事逮今餘二十年廉隅毀頓圖像崩墜會巽上人居其宇下始復理焉上人者修最上乘解第一義無體空折色之跡而造乎真源通假有借無之名而入於實相境與智合事與理并故雖往生

王荊石曰好批
劉

之因。亦相用不捨。誓葺茲宇。以開後學。有信士圖爲佛像。法相甚具焉。今刺史馮公。作大門以表其位。余遂周延四阿。環以廊廡。續二大士之像。繪蓋幢幡。以成就之。嗚呼。有能求無生之生者。知舟筏之存乎是。遂以天台十疑論書于牆宇。使觀者起信焉。

絕東在此而

以佛旨爲宗

王荊石曰文妙
但設論太淺

借此以諷世

永州鐵爐步志

江之滸凡舟可縻而上下者曰步永州北郭有步曰鐵爐步余乘舟來居九年往來求其所以爲鐵爐者無有問之人曰葢甞有鍛鐵者居其人去而爐毀者不知年矣獨有其號冒而存余曰嘻世固有事去名存而冒焉若是耶步之人曰子何獨怪是今世有負其姓而立於天下者曰吾門大他不我敵也問其位與德曰久矣其

先也。然而彼猶曰我大。世亦曰某氏大。其冒於號。有以異於茲步者乎。向使有聞茲步之號而不足。釜錡錢鎛刀鈇者。懷價而來。能有得其欲乎。則求位與德於彼。其不可德。亦猶是也。位存焉而德無有。猶不足以大其門。然且樂爲之下。子胡不怪彼而獨怪於是。大者桀冒禹。紂冒湯。幽厲冒文武以傲天下。由不推知其本而姑大其故號。以至於敗。爲世笑僇。斯可以甚懼。若求兹步之實而不得。釜錡錢鏄刀鈇者。則去而之他。又何害乎。子之驚於是末矣。余以爲古有太史。觀民風。采民言。若是者。則有得矣。嘉其言可采。書以爲志。

王荊石曰柳之胸中富於丘壑故其記亭池山水更竒篇〻可誦

王荆石曰柳論獨有封建得意
唐荆川曰間架宏濶議論雄俊可爲作文之法

王荆石曰詞強氣盛理勝神融

封建論

天地果無初乎。吾不得而知之也。生人果有初乎。吾不得而知之也。然則孰爲近。曰。有初爲近。孰明之。由封建而明之也。彼封建者。更古聖王。堯舜禹湯文武而莫能去之。蓋非不欲去之也。勢不可也。勢之來。其生人之初乎。不初。無以有封建。封建非聖人意也。彼其初與萬物皆生。草木榛榛。鹿豕狉狉。人不能搏噬而且無毛羽。莫克自奉自衛。荀卿有言。必將假物以爲用者也。夫假物者必爭。爭而不已。必就其能斷曲直者而聽命焉。其智而明者所伏必衆。告之以直而不改。必痛之而後畏。由是君長刑政生焉。故近者聚而爲羣。羣之分。其爭必大。大而後有兵有德。又有大者。衆羣之長。又就而聽命焉。以安其屬。於是有諸侯之列。則其爭又有大者焉。德又大者。諸侯之列。又就而聽命焉。以安其封。於是

翻說

以上原封建之所由始

有方伯連帥之類，則其爭又有大者焉。德又大者，方伯連帥之類，又就而聽命焉，以安其人，然後天下會於一。是故有里胥而後有縣大夫，有縣大夫而後有諸侯，有諸侯而後有方伯連帥，有方伯連帥而後有天子。自天子至於里胥，其德在人者，死必求其嗣而奉之。故封建非聖人意也，勢也。夫堯舜禹湯之事遠矣，及有周而甚詳。周有天下，裂土田而瓜分之，設五等，邦君羣后。

以下原詳封建之弊

布履星羅。四周于天下。輪運而輻集。合爲朝覲會同。離爲守臣扞城。然而降於夷王。害禮傷尊。下堂而迎覲者。歷于宣王。挾中興復古之德。雄南征北伐之威。卒不能定魯侯之嗣。陵夷迄於幽厲。王室東遷。而自列爲諸侯。厥後問鼎之輕重者有之。射王中肩者有之。伐凡伯誅萇弘者有之。天下乖盭。無君君之心。余以爲周之喪久矣。徒建空名於公侯之上耳。得非諸侯之盛強。

此原郡縣之所由始

以下次郡縣之所由據見上下秦漢及唐始終之際而非其制之不善

末大不掉之咎歟。遂判爲十二。合爲七國。威分于陪臣之邦。國殄於後封之秦。則周之敗端其在乎此矣。秦有天下。裂都會而爲之郡邑。廢侯衛而爲之守宰。據天下之雄圖。都六合之上游。攝制四海。運於掌握之內。此其所以爲得也。不數載而天下大壞。其有由矣。亟役萬人。暴其威刑。竭其貨賄。負鋤梃謫戍之徒。圜視而合從。大呼而成羣。時則有叛人而無叛吏。人怨于下而

以下抽情立論如蠶婦之抽繭而千條萬緒並入機杼非子厚之鏤心刻畫與其酣醉鼓儛不能到此

王荊石曰論法縱橫然血脈自井井

吏畏于上天下相合殺守刼令而並起咎在人怨非郡邑之制失也漢有天下矯秦之枉徇周之制剖海內而立宗子封功臣數年之間奔命扶傷而不暇困平城病流矢陵遲不救者三代後乃謀臣獻畫而離削自守矣然而封建之始郡國居半時則有叛國而無叛郡秦制之得亦以明矣繼漢而帝者雖百代可知也唐興制州邑立守宰此其所以爲宜也然猶桀猾時起虐

此論封建下民之利病

唐荊川曰重復發揮

害方域者失不在於州而在於兵時則有叛將而無叛州州縣之設固不可革也或者曰封建者必私其土子其人適其俗修其理施化易也守宰者苟其心思遷其秩而已何能理乎余又非之周之事跡斷可見矣列侯驕盈黷貨事戎大凡亂國多理國寡侯伯不得變其政天子不得變其若私土子人者百不有一失在於制不在於政周事然也秦之事跡亦斷可見矣有理

人之制。而不委郡邑是矣。有理人之臣。而不使守宰是矣。郡邑不得正其制。守宰不得行其理。酷刑苦役。而萬人側目。失在於政。不在於制。秦事然也。漢興。天子之政。行於郡。不行於國。制其守宰。不制其侯王。侯王雖亂。不可變也。國人雖病。不可除也。及夫大逆不道。然後掩捕而遷之。勒兵而夷之耳。大逆未彰。姦利浚財。怙勢作威。大刻于民者。無如之何。及夫郡邑。可謂理且安

矣。何以言之。且漢知孟舒於田叔。得魏尚於馮
唐。聞黃霸之明審。覩汲黯之簡靖。拜之可也。復
其位可也。卧而委之。以輯一方可也。有罪得以
黜。有能得以賞。朝拜而不道。夕斥之矣。夕受而
不法。朝斥之矣。設使漢室盡城邑而侯王之。縱
令其亂人。戚之而已。孟舒魏尚之術。莫得而施。
黃霸汲黯之化。莫得而行。明譴而導之。拜受而
退。已違矣。下令而削之。締交合從之謀。周於同

列則相顧裂眦。勃然而起。幸而不起。則削其半
削其半民猶瘁矣。曷若舉而移之。以全其人乎。
漢事然也。今國家盡制郡邑。連置守宰。其不可
變也固矣。善制兵。謹擇守。則理平矣。或者又曰。
夏商周漢封建而延。秦郡邑而促。尤非所謂知
理者也。魏之承漢也。封爵猶建。晉之承魏也。因
循不革。而二姓陵替。不聞延祚。今矯而變之。垂
二百祀。大業彌固。何繫於諸侯哉。或者又以爲

堯舜禹之建諸
侯請問何說

殷周聖王也而不革其制固不當復議也是大不然夫殷周之不革者是不得已也蓋以諸侯歸殷者三千焉資以黜夏湯不得而廢歸周者八百焉資以勝殷武王不得而易徇之以爲安仍之以爲俗湯武之所不得已也夫不得已非公之大者也私其力於己也私其衛於子孫也秦之所以革之者其爲制公之大者也其情私也私其一己之威也私其盡臣畜於我也然而

先總辨以下方入正論

末句一篇命脉把握處且激前

公天下之端自秦始。夫天下之道。理安。斯得人者也。使賢者居上。不肖者居下。而後可以理安。今夫封建者。繼世而理。繼世而理者。上果賢乎。下果不肖乎。則生人之理亂。未可知也。將欲利其社稷。以一其人之視聽。則又有世大夫世食祿邑。以盡其封略。聖賢生于其時。亦無以立于天下。封建者爲之也。豈聖人之制使至於是乎。吾固曰。非聖人之意也勢也

起語凜自是精嚴

王荆石曰急設

四維論

管子以禮義廉耻爲四維。吾疑非管子之言也。彼所謂廉者。曰不蔽惡也。世人之命廉者。曰不苟得也。所謂耻者。曰不從枉也。世人之命耻者。曰羞爲非也。然則二者。果義歟非歟。吾見其有二維。未見其所以爲四也。夫不蔽惡者。豈不以蔽惡爲不義而去之乎。夫不苟得者。豈不以苟得爲不義而不爲乎。雖不從枉。與羞爲非皆然。

此轉尤辯悉

然則廉與恥。義之小節也。不得與義抗而爲維。聖人之所以立天下曰仁義。仁主恩。義主斷。恩者親之。斷者宜之。而理道畢矣。蹈之斯爲道。得之斯爲得。履之斯爲禮。誠之斯爲信。皆由其所之而異名。今管氏所以爲維者。殆非聖人之所立乎。又曰一維絕則傾。二維絕則危。三維絕則覆。四維絕則滅。若義之絕。則廉與恥。其果存乎。廉與恥存。則義果絕乎。人既蔽惡矣。苟得矣。從

唐荊川曰賈生翻案

枉矣爲非而無羞矣則義果存乎。使管子庸人也則爲此言管子而少知理道。則四維者。非管子之言也。

唐荊川曰柳子謂廉恥爲義之小節蓋得之矣然禮義其統言所包者廣廉恥其專言所指者切則管子之論亦未可以爲非也然其明辨可喜故取焉

唐荊川曰此全是從國語來

喻切

守道論

或問曰守道不如守官何如對曰是非聖人之言傳之者誤也官也者道之器也離之非也未有守官而失道守道而失官之事者是固非聖人言乃傳之者誤也夫皮官者是虞人之物也物者道之準也守其物由其準而後其道存焉苟舍之是失道也凡聖人之所以爲經紀爲名物無非道者命之曰官官是以行吾道云爾是

故立之君臣官府衣裳輿馬章綬之數會朝表著周旋行列之等是道之所存也則又示之典命書制符璽奏復之文參伍殷輔陪臺之役是道之所由也則又勸之以爵祿慶賞之美懲之以黜遠鞭朴梏拳斬殺之慘是道之所行也故自天子至于庶民咸守其經分而無有失道者和之至也失其物去其準道從而喪矣易其小者而大者亦從而喪矣古者居其位思死其官

可易而失之哉。禮記曰。道合則服從。不可則去
孟子曰。有官守者。不得其職則去。然則失其道
而居其官者。古之人不與也。是故在上不爲抗。
在下不爲損。矢人者不爲不仁。函人者不爲仁。
率其職。司其局。交相致以全其工也。易位而處。
各安其分。而道達於天下也。且夫官所以行道
也。而曰守道不如守官。蓋亦喪其本矣。未有守
官而失道。守道而失官之事者也。是非聖人之

言。傳之者誤也果矣。

唐荆川曰柳子此論頗得道器不相離之意

先記事因承接下乃開鋪叙又極有力

晉文公問守原議

晉文公既受原於王。難其守。問寺人教鞮以畀趙衰。余謂守原政之大者也。所以承天子。樹霸功致命諸侯。不宜謀及媟近。以忝王命。而晉君擇大任不公議於朝而私議於宮。不博謀於卿相而獨謀於寺人。雖或衰之賢足以守國之政不爲敗。而賊賢失政之端由是滋矣。況當其時不乏謀議之臣乎。狐偃爲謀臣。先軫將中軍。晉

緊歎

閑手據回說到晉文誤後世處驗得深文然亦人君擧動毫〻

君踈而不咨。外而不求。乃卒定於內豎。其可以爲法乎。且晉君將襲齊桓之業。以翼天子。乃大志也。然而齊桓任管仲以與。進豎刁以敗。則獲原啟疆。適其始政。所以覲諸侯也。而乃背其所以與。跡其所以敗。然而能霸諸侯者。以土則大。以力則彊。以義則天子之冊也。誠畏之矣。烏能得其心服哉。其後景監得以相衛鞅。弘石得以殺望之。誤之者晉文公也。嗚呼。得賢臣以守可為稱謹嚴矣。不得辭其責者，是深一節議論。林次崖曰：步驟謹嚴，得韓之奇，末一結筆力尤高。

大邑。則問非失問。舉非失舉也。然猶羞當時陷後代若此。況於問與舉又兩失者。其何以救之哉。余故著晉君之罪。以附春秋許世子止晉趙盾之義。

精悍謹嚴

李九我曰讀此亦有復讐之議終不若宗元此文明白痛快

唐荆川曰以禮刑大本上說起是緣論大根原處且謂旌誅不得並破其首以兩端之說最有

駁復讐議

臣伏見天后時。有同州下邽人徐元慶者。父爽。爲縣尉趙師韞所殺。卒能手刃父讐。束身歸罪。當時諫臣陳子昂建議誅之而旌其閭。且請編之於令。永爲國典。臣竊獨過之。臣聞禮之大本。以防亂也。若曰無爲賊虐。凡爲子者殺無赦。刑之大本亦以防亂也。若曰無爲賊虐。凡爲治者殺無赦。其本則合。其用則異。旌與誅莫得而並

鍾惺衆曰此下設爲兩段議論又淵明旌誅所以不可並處

焉誅其可旌兹謂濫黷刑甚矣旌其可誅兹謂僭壞理甚矣果以是示于天下傳于後代趨義者不知所向違害者不知所立以是爲典可乎蓋聖人之制窮理以定賞罰本情以正褒貶統於一而已矣鄉使刺讞其誠僞考正其曲直原始而求其端則刑禮之用判然離矣何者若元慶之父不陷於公罪師韞之誅獨以其私怨奮其吏氣虐于非辜州牧不知罪刑官不知問上

虞荆川曰千萬世不朽之談足為元慶洩憤

樓迂齋曰死于吏死于法等語剖判精詳真辨析得快

下蒙冒顴號不聞而元慶能以戴天為大恥枕戈為得禮處心積慮以衝讐人之胷介然自克即死無憾是守禮而行義也執事者宜有慚色將謝之不暇而又何誅焉其或元慶之父不免於罪師韞之誅不愆於法是非死於吏也是死於法也法其可讐乎讐天子之法而戕奉法之吏是悖驁而凌上也執而誅之所以正邦典而又何旌焉且其議曰人必有子子必有親親親

林次崖曰引周禮公羊傳便見大意

相讐。其亂誰救。是惑於禮也甚矣。禮之所謂讐者。蓋其寃抑沉痛而號無告也。非謂抵罪觸法。陷于大戮。而曰。彼殺之。我乃殺之。不議曲直。暴寡脅弱而已。其非經背聖。不亦甚哉。周禮。調人掌司萬人之讐。凡殺人而義者。令勿讐。讐之則死。有反殺者。邦國交讐之。又安得親親相讐也。春秋公羊傳曰。父不受誅。子復讐可也。父受誅。子復讐。此推刃之道。復讐不除害。今若取此以

錢豈寰曰一篇主意始見于此

斷兩下相殺則合於禮矣且夫不忘讐孝也不愛死義也元慶能不越於禮服孝死義是必達理而聞道者也夫達理聞道之人豈其以王法爲敵讐者哉議者反以爲戮黷刑壞禮其不可以爲典明矣請下臣議附于令有斷斯獄者不宜以前議從事謹議

結案

唐荆川曰此等文字極謹嚴無一字懶散理精而文工左氏國語之亞

謝登山四七節
靜[illegible][illegible]理瑩明
意味悠長字字
纏思句句有意
無一字[illegible]懸亦
子厚文之得意

桐葉封弟辯

古之傳者有言。成王以桐葉與小弱弟戲。曰。以封汝。周公入賀。王曰。戲也。周公曰。天子不可戲。乃封小弱弟於唐。吾意不然。王之弟當封耶。周公宜以時言於王。不待其戲而賀以成之也。不當封耶。周公乃成其不中之戲。以地以人。與小弱者爲之主。其得爲聖乎。且周公以王之言。不可苟焉而已。必從而成之也。設有不幸。王以桐

王荆石曰警策

棄戲婦寺。亦將舉而從之乎。凡王者之德。在行之何若。設未得其當。雖十易之不爲病。要於其當。不可使易也。而況以其戲乎。若戲而必行之。是周公教王遂過也。吾意周公輔成王。宜以道從容優樂。要歸之大中而已。必不逢其失而爲之辭。又不當束縛之。馳驟之。使若牛馬然。急則敗矣。且家人父子尚不能以此自克。況號爲君臣者耶。是直小丈夫缺缺者之事。非周公所宜

信衆有不盡竟不指定史佚又故一難在此

用。故不可信。或曰。封唐叔。史佚成之。

唐荆川曰此篇与守原議封建論三篇所謂大篇短章各極其妙

論語辯二篇

或問曰。儒者稱論語。孔子弟子所記。信乎。曰。未然也。孔子弟子。曾參最少。少孔子四十六歲。曾子老而死。是書記曾子之死。則去孔子也遠矣。曾子之死。孔子弟子。略無存者矣。吾意曾子弟子之爲之也。何哉。且是書載弟子必以字。獨曾子有子不然。由是言之。弟子之號之也。然則有子何以稱子。曰。孔子之歿也。諸弟子以有子爲似夫子立而師之其後不能對諸子之問乃叱避而退則固嘗有師之號矣今所記獨曾子最後死余是以知之蓋樂正子春子思之徒與爲之爾或曰孔子弟子嘗雜記其言然而卒成其書者曾氏之徒也

堯曰咨爾舜天之曆數在爾躬四海困窮天祿永終舜亦以命禹余小子履敢用玄牡敢昭告于皇天后土有罪不敢赦萬方有罪罪在朕躬

朕躬有罪。無以爾萬方。或問之曰。論語書記問對之辭爾。今卒篇之首章然有是。何也。柳先生曰。論語之大。莫大乎是也。是乃孔子常常諷道之辭云爾。彼孔子者。覆生人之器也。上言堯舜之不遭。而禪不及已。下之無湯之勢。而已不得爲天吏生。人無以澤其德。日視聞其勞死怨呼。而已之德。涸焉無所依而施。故於常常諷道云爾而止也。此聖人之太志也無容問對於其間。

弟子或知之。或疑之。不能明相與傳之。故於其
爲書也。卒篇之首。嚴而立之。

此等辨析千年以來罕見者

辯列子

劉向古稱博極羣書然其錄列子獨曰鄭穆公時人穆公在孔子前幾百歲列子書言鄭國皆云子産鄧析不知向何以言之如此史記鄭繻公二十四年楚悼王四年圍鄭鄭殺其相駟子陽子陽正與列子同時是歲周安王三年秦惠王韓列侯趙武侯二年魏文侯二十七年燕釐公五年齊康公七年宋悼公六年魯穆公十年

不知向言魯穆公時遂誤爲鄭耶。不然。何乖錯至如是。其後張湛徒知怪列子書言穆公後事。亦不能推知其時。然其書亦多增竄。非其實。要之莊周爲放依其辭。其稱夏棘徂公紀渻子季咸等。皆出列子。不可盡紀。雖不槩於孔子道。然其虛泊寥闊。居亂世。遠於利禍。不得逮於身。而其心不窮。易之遁世無悶者。其近是歟。余故取焉。其文辭類莊子。而尤質厚。少爲作好文者。可廢耶。其楊朱力命。疑其楊子書。其言魏牟孔穿。皆出列子後。不可信。然觀其辭。亦足通知古之多異術也讀焉者愼取之而已矣。

孔子沒而百家之言各出其見以相揣摩而子厚諸篇辨析並有指歸可觀覽

辯文子

文子書十二篇。其傳曰老子弟子。其辭時有若可取。其指意皆本老子然考其書。蓋駮書也。其渾而類者少。竊取他書以合之者多。凡孟子輩數家。皆見剽竊。嶢然而出其類。其意緒文辭。又牙相抵而不合。不知人之增益之歟。或者衆爲聚斂。以成其書歟。然觀其往往有可立者。又頗惜之。憫其爲之也勞。今刋去謬惡亂雜者。取其其似是者。又頗爲發其意藏於家。

辯鬼谷子

元冀好讀古書。然甚賢鬼谷子。爲其指要幾千言。鬼谷子要爲無取。漢時劉向班固錄書。無鬼谷子。鬼谷子後出。而險盭峭薄。恐其妄言亂世。難信學者。宜其不道。而世之言縱橫者時葆其書。尤者晚乃益出七術。怪謬甚異。不可考校。其言益奇。而道益陿。使人狙狂失守。而易於陷墜。幸矣人之葆之者少。今元子又文之以指要。嗚呼。其爲好術也過矣。

辯晏子春秋

司馬遷讀晏子春秋。高之而莫知其所以爲書。或曰。晏子爲之。而人接焉。或曰。晏子之後爲之。皆非也。吾疑其墨子之徒。有齊人者爲之。墨好儉。晏子以儉名於世。故墨子之徒。尊著其事以增高爲巳術者。且其旨多尚同兼愛。非樂節用。非厚葬久喪者。是皆出墨子。又非孔子。好言鬼事。非儒明鬼。又出墨子。其言問棗及古冶子等尤怪誕。又往往言墨子。聞其道而稱之。此甚顯白者。自劉向歆班彪固父子。皆錄之儒家中。甚矣數子之不詳也。葢非齊人。不能具其事。非墨子之徒。則其言不若是。後之録諸子書者。宜列之墨家。非晏子爲墨也。爲是書者。墨之道也。

辯亢倉子

太史公爲莊周列傳。稱其爲書。畏累亢桑子。皆空言無事實。今世有亢桑子書。其首篇出莊子。而益以庸言。蓋周所云者。尚不能有事實。又況取其語而益之者。其爲空言尤也。劉向班固録書。無亢桑子。而今之爲術者。乃始爲之傳注。以教於世。不亦惑乎。

辯鶡冠子

余讀賈誼鵩賦。嘉其詞。而學者以爲盡出鶡冠子。余往來京師。求鶡冠子無所見。至長沙。始得其書。讀之。盡鄙淺言也。唯誼所引用爲美。餘無可者。吾意好事者僞爲其書。反用鵩賦以文飾之。非誼有所取之。决也。太史公伯夷列傳。稱賈子曰。貪夫殉財。烈士殉名。夸者死權。不稱鶡冠子。遷號爲博極羣書。假令當時有其書。遷豈不見耶。假令真有鶡冠子書。亦必不取鵩賦以充入之者。何以知其然耶。曰不類。

柳文目録卷之六

問答

晋問

說贊

天說

觀八駿圖說

捕蛇者說

鶻說

柳文目錄卷之六

王荊公曰此等摛寶瓌壯之文韓子不能作

此言形勝之盛

柳文卷之六

晉問

吳子問於柳先生曰。先生晉人也。晉之故宜知之。曰。然。然則吾願聞之。可乎。曰。可。晉之故封。太行掎之。首陽起之。黃河迤之。大陸靡之。或巍而高。或呀而淵。景霍汾澮。以經其壖。若化若遷。鈎嬰蟬聯。然後融爲平川。而侯之都居。轉說起 大夫之邑建焉。其高壯。則騰突撐拒。聳呀鬱怒。若熊羆之

咆。虎豹之嗥。終古而不去。攫、秦、搏、齊、當、者、失、據、
燕秋惴怯。若卵就壓。振振業業。覷關蹀戶。惕若
僕妾。其按衍。則平盈旋緣。紆徐夷延。若飛截之
翔舞。洄水之容與。以稼則碩。以植則茂。以牧則
蕃。以畜則庶。而人用是富。而邦以之阜。其河則
濬源崑崙。入于天淵。出乎無門。行乎無垠。自匈
奴而南。以介西鄙。衝奔太華。運肘東指。混潰后
土。濆濁㶟沸。黿鼉詭怪。于于汩汩。騰倒駃越。委

王荊石曰詞甚鍊然

洎涯涘。呀呷歙納。摧雜失墜。其所盪激。則連山參差廣野壞裂。轟雷努風。撼鴞于巇。崩石之所轉躍。大木之所擢拔。淵泙洞踏者。彌數千里。若萬夫之斬伐。而其軸轤之所負。檣櫓之所御。鱗川林壑。縈雲遁雨。瞬目而下者。榛榛沄沄。百舍一赴。若是何如。吳子曰。先生之言。豐厚險固。誠晉之美矣。然晉人之言表裏山河者。備敗而已。非以爲榮觀顯大也。吳起所謂在德不在險。皆

唐荊川曰此篇文字鋪空全在數箇如字若字增許多光景又在疊字上增許多氣勢

晋人之藉也。願聞其他。

先生曰。大鹵之金。棠谿之工。火化水淬。器備以充。爲鞭爲矛。爲鎩爲鈎。爲鏑爲鏃。出太白。徵蓐收。召招搖。伏蚩尤。肅肅褷褷。合衆靈而成之。搏者狹者。曲者直者。歧者勁者。長者短者。攢之如星。奮之如霆。運之如縈。浩浩弈弈。淋淋滌滌。熒熒的的。若雪山氷谷之積。觀者膽掉。目出寒液。當空發耀。英精互繞。晃蕩洞射。天氣盡白。日規爲小鑠雲破霄跕墜飛鳥弓人之弓函人之甲膠角百選犀兕七屬乃使跟超掖夾之倫服而持之南職諸華北讋羣夷技擊節制聞於天下是爲善師延目而望之固以拳拘喘汗免冑肉袒進不敢降退不敢竄若是何如吳子曰夫兵之用由德則吉由暴則凶是又不可爲美觀也先軫曰師直爲壯曲爲老況徒以堅甲利刃之爲上哉

先生曰。晉國多馬。屈焉是產。土寒氣勁。崖坼谷裂。草木短縮。鳥獸墜匿。而馬蕃焉。師師兟兟。溶溶紜紜。轠轠轔轔。或赤或黃。或玄或蒼。或醇或駹。黔然而陰。炳然而陽。若旌旆旂幟之煌煌。乍進乍止。乍伏乍起。乍奔乍躓。若江漢之水。疾風驅濤。擊山盪壑。雲沸而不止。羣飲源槁。迴食野赭。浴川蹙浪。噴震播灑。漬漬焉若海神駕雪而來下。觀其四散惝怳。開合萬狀。喜者鶻厲怒者

穆文熙曰莊子馬蹄云夫馬陸居則食草飲水喜則交頸相靡怒則分背相踶此數句下得無活分明似蘭亭馬圖字字學此篇尤幽麗而文情狀廣川以極似先傳

人摶決然坌躍千里相角風騣霧鬣斸山抉壑耳擢層雲腹揹衆木寂寥遠游不久而復攫地跳梁堅骨蘭筋交頸互齧鬬目相馴聚溲更虗昻首張斷其小者則連牽繳繞仰乳俯齕蟻雜螽集啾啾濼濼旅走叢立其材之可者收歛攻教掉手飛麾指毛命物百步就羈牽以荀息御以王良超以范鞅軒以欒鍼以佃以戎獸獲敵摧若是何如吳子曰恃險與馬者子不聞乎故

此言材木之壯

此言伐木

曰。冀之北土。馬之所生。是不一姓。請置此而新其説。

先生曰。晉之北山有異材。梓匠工師之爲宫室求大木者。天下皆歸焉。仲冬既至。寒氣凝成。外凋内貞。瀋液不行。乃堅乃良。萬工舉斧以入。必求諸巖崖之欹傾。磵壑之紆縈。凌巑岏之杪顛。漱泉源之淦濴。根絞怪石。不土而植。千尋百圍。與石同色。羅列而伐者。頭折河漢。刃披虹霓。聲

此言運木

振連巒。梯塡層谿。丁丁登登。硍硍稜稜。若兵車之乘凌。其響之所應。則潰潰淵淵。洶洶[illegible][illegible]。若蹇若崩。若螭龍之鬬。風霆相騰。其殊而下者。札[illegible]捎殺。摧崒坱圠。霞披電裂。又似共工觸不周而天柱折。鶻鸛鶩鶬。號鳴飛翔。貔豻虎兕。奔觸讋慄。伏無所入。遁無所脫。然後斷度收羅。捎危顛。芟繁柯。乘水潦之波。以入于河而流焉。盪突硉兀。轉騰冒沒。類秦神驅石以梁大海。抵曲鱗蹷。匯流雷解。前者汨越。後者迫隘。乃下夫龍門之懸水。摺拉穨踏。捽首軒尾。澒入重淵。不知其幾百里也。濤波之旋。滔山觸天。旣渟旣平。彌望悠悠焉。良久。乃始昻屹涌溢。挺拔而出。林立峰崪。穿雲蔽日。渙然自撓。復就行列。渾渾而去。以至其所。唯良工之指顧。叢臺阿房。長樂未央。建章昭陽之隆麗詭特。皆是之自出。若是何如。吳子曰。吾聞君子患無德。不患無土。患無土。不患無

此言魚蛤之精

林希元曰矢用左傳中字縱觀用西漢書字

人患無人不患無宮室患無宮室不患材之不已有先生之所陳四累之下也且虒祁旣成諸侯叛之

先生曰河魚之大上迎濤波羅壅津涯千里雷馳重馬輕車遂以君命矢而縱觀焉大罟斷流修綱亘山罩罶麗罜纖紝其間巨舟軒昂仡仡廻環水師更呼聲裂商顏於是鼓譟沓集而從之扼龍吭拔鯨鰭戮白黿逐毒螭叱馮夷立水

湄。搜攬滮離。掬縮推移。深會網蹙騰天獮圍。掉
躃擁踴。以登夫歷山之垂。如川之歸。如山之摧。
如雲之披。其有乘化會神。振拔漣淪。摘奇文。出
怪鱗。騰飛濤而上逸。生雷電於龍門者。猶仰綸
飛繳。頡踏而取之。莫不脫角裂翼。呀嚇匍匐。復
就臠切。莫保龍籍。具糅五味。布列雕俎。風雲失
勢。沮散遠去。若夫魦鱏鮪鯉鰋鱧魴鱮之瑣屑
蔑裂者。夫固不足悉數。漏脫紘目。養之水府。而

以上言鹽味之多

三河之人則巳塡溢饜飫腥膏爲鹵聞膾炙之
美則弇鼻蹙頞賤甚糞土而莫顧者也若是何
如吳子曰一時之觀不足以夸後世口舌之味
不足以利百姓姑欲聞其上者
先生曰猗氏之鹽晉寶之大也人之賴之與穀
同化若神造非人力之功也但至其所則見溝
塍畦畹之交錯輪囷若稼若圃敞兮匀匀渙兮
鱗鱗邐灖紛屬不知其垠俄然決源釃流交灌

孫月峯曰此篇雕枿鍛鍊壁水凝電渤淬積霰星萼倒樹描寫極壯觀

互澍。若枝若股。委曲延布。脉篤膏浸。潗濕滑汨。彌高掩庳。漫壠冐塊。決決沒沒。遠近混會。抵值堤防。瀴瀛沛濊。偃然成淵。漭然成川。觀之者。徒見浩浩之水。而莫知其以及神液陰漉。甘鹵窖起孕靈富媪。不愛其美。無聲無形。熛結迅詭。廻聠一瞬積雪百里。晶晶冪冪。奮僨離析。鍛圭椎璧。眩轉的皪。乍似隕星及地。明滅相射。水裂雹碎。巃嵸增益。大者印纍。小者珠剖。涌者如坻。坳者如金日晶熠煜螢駭電走亘步盈車方尺數斗於是裒斂合集衆而堆之皓皓乎懸圃之巍巍皦乎溔乎狂山太白之淋漓駭化變之神奇卒不可推也然後驢驘牛馬之運西出秦隴南過樊鄧北極燕代東逾周宋家獲作鹹之利人被六氣之用和鈞兵食以征以貢其賚天下也與海分功可謂有濟矣若是何如吳子曰魏絳之言曰近寶則宮室乃貧豈謂是耶雖然此可

以利民矣。而未爲民利也。先生曰。願聞民利。吳子曰。安其常而德所欲。服其教而便於己。百貨通行。而不知所自來。老幼親戚。相保而無德之者。不苦兵刑。不疾賦力。所謂民利民自利者是也

先之以霸功

先生曰。文公之霸也。援秦破楚。囊括齊宋。曹衛解裂。魯鄭震恐。定周于溫。奉冊受錫。夾輔糾逖。以爲侯伯齊盟踐土低昂玉帛。天子恃焉以有

李東陽曰綫々陳述句法悉模倣左氏而精采過之

諸侯。諸侯恃焉以有其國。百姓恃焉以有其妻子。而食其力。叛者力取。附者仁撫。推德義。立信讓。示必行。明所嚮。達禁止。一好尚。春秋之事。公侯大夫。築文馬。馳軒車。出入環連。貫于國都。則有五筵之堂。九几之室。大小定位。左右有秩。會牢餼饋。交錯文質。饗有嘉樂。宴有庭實。登降好賦。犧象必出。犒勞贈賄。率禮無失。六卿理兵。大戎小戎。鐘鼓丁寧。以討不恭。車埒萬乘。卒半天下。鼓之則震。旆之則畏。其號令之動若水之源。若輪之旋、莫不如志。當此之時。咸能驩娛以奉其上。故其民至于今、好義而任力、此以民力自固。假仁義而用天下。其遺風尚有存者。若是可以爲民利也乎。吳子曰。近之矣。然猶未也。彼霸者之爲心也。引大利以自嚮、而摟他人之力以自爲固。而民乃後焉。非不知而化。不令而一。異乎吾嚮之陳者。故曰近之矣。猶未也。

此終之以帝王

王荊石曰言及上古歸之澹泊一入色辭便入幾道故寥寥數語而止

先生曰三河古帝王之更都焉而平陽堯之所理也有茅茨采椽土型之度故其人至于今險嗇有溫恭克讓之德故其人至于今善讓有師錫僉曰疇咨之道故其人至于今好謀而深有百獸率舞鳳凰來儀於變時雍之美故其人至于今和而不怒有昌言儆戒之訓故其人至于今憂思而畏禍有無爲不言垂衣裳之化故其人至于今恬以愉此堯之遺風也願以聞於子

何如。吳子離席而立。拱而言曰。美矣善矣。其茂有加矣。此國吾之所欲聞也。夫儉則財用足而不淫。讓則遵分而進善。其道不鬬。謀則通於遠而周於事。和則仁之質。戒則義之實。恬以愉。則安而久。於其道也。至乎哉。今主上方致太平。動以堯爲準。先生之言道之奥者。若果有貢於上。則吾知其易易焉也。舉晋國之風以一諸天下如斯而已矣。敬拜受賜此脩言晉之物產首之以山川蓋其本也所言兵器良馬美材魚鹽利之美僅足以誇示天下矣至言齊極薪蒸之盛則物產不足言矣終以唐堯之風則伯業又不足言矣文章似此方有着落規模自較乘七蔟未末稍議論高似枚乘

天說

韓愈謂柳子曰若知天之說乎吾爲子言天之說今夫人有疾痛倦辱饑寒甚者因仰而呼天曰殘民者昌佑民者殃又仰而呼天曰何爲使至此極戾也若是者舉不能知天夫果蓏飲食既壞蟲生之人之血氣敗逆壅底爲癰瘍疣贅瘻痔蟲生之木朽而蝎中草腐而螢飛是豈不以壞而後出耶物壞蟲由之生元氣陰陽之壞

人由而生。蟲之生而物益壞。食齧之。攻穴之。蟲之禍物也滋甚。其有能去之者。有功於物者也。繁而息之者。物之讐也。人之壞元氣陰陽也亦滋甚。墾原田。伐山林。鑿泉以井飲。竅墓以送死。而又穴爲偃溲。築爲牆垣城郭臺榭觀游。疏爲川瀆溝洫陂池。燧木以燔。革金以鎔。陶甄琢磨。悴然使天地萬物不得其情。倖倖衝衝。攻殘敗撓而未嘗息。其爲禍元氣陰陽也。不甚於蟲之

所爲乎。吾意有能殘斯人。使日薄歲削。禍元氣
陰陽者滋少。是則有功於天地者也。蕃而息之
者天地之讐也。今夫人舉不能知天。故爲是呼
且怨也。吾意天聞其呼且怨。則有功者。受賞必
大矣。其禍焉者。受罰亦大矣。子以吾言爲何如。
柳子曰。子誠有激而爲是耶。則信辯且美矣。吾
能終其說。彼上而玄者。世謂之天。下而黃者。世
謂之地。渾然而中處者。世謂之元氣。寒而暑者。

世之謂陰陽是雖大，無異果蓏癰痔草木也。假而有能去其攻穴者是物也，其能有報乎？蓄而息之者，其能有怒乎？天地大果蓏也，元氣大癰痔也，陰陽大草木也，其烏能賞功而罰禍乎？功者自功，禍者自禍，欲望其賞罰者大謬。呼而怨，欲望其哀且仁者愈大謬矣。子而信子之仁義以遊其內，生而死爾，烏置存亡得喪於果蓏癰痔草木耶。

類莊生之旨

觀八駿圖說

古之書。有記周穆王馳八駿。升崑崙之墟者。後之好事者爲之圖。宋齊以下傳之。觀其狀甚怪。咸若騫若翔。若龍鳳麒麟。若螳螂然。其書尤不經。世多有。然不足采。世聞其駿也。因以異形求之。則其言聖人者。亦類是矣。故傳伏犧曰牛首。女媧曰其形類蛇。孔子如倛頭。若是者甚衆。孟子曰。何以異於人哉。堯舜與人同耳。今夫馬者。

駕而乘之。或一里而汗。或十里而汗。或千百里而不汗者。視之毛物尾鬣。四足而蹄。齕草飲水一也。推是而至於駿。亦類也。今夫人有不足爲負販者。有不足爲吏者。有不足爲士大夫者。有足爲者。視之圓首橫目。食穀而飽肉。絺而淸裘而燠一也。推進而至於聖。亦類也。然則伏犧氏女媧氏。孔子氏。是亦人而已矣。驊騮白羲山子之類。若果有之。是亦馬而已矣。又烏得爲牛爲蛇爲供頭爲龍鳳麒麟螳螂然也哉然而世之慕駿者不求之馬而必是圖之似故終不能有得於駿也慕聖人者不求之人而必若牛若蛇若供頭之問故終不能有得於聖人也誠使天下有是圖者舉而焚之則駿馬與聖人出矣

俊逸

林次崖曰此文抑揚起伏宛轉斡旋含無限悲傷悽宛之態

捕蛇者說

永州之野產異蛇。黑質而白章。觸草木盡死。以齧人。無禦之者。然得而腊之以爲餌。可以已大風攣踠瘻癘。去死肌。殺三蟲。其始太醫以王命聚之。歲賦其二。募有能捕之者。當其租入。永之人爭奔走焉。有蔣氏者。專其利三世矣。問之。則曰。吾祖死於是。吾父死於是。今吾嗣爲之十二年。幾死者數矣。言之貌若甚慼者。余悲之。且曰若毒之乎。余將告乎莅事者。更若役。復若賦。則何如。蔣氏大戚。汪然出涕曰。君將哀而生之乎。則吾斯役之不幸。未若復吾賦不幸之甚也。嚮吾不爲斯役。則久已病矣。自吾氏三世居是鄉。積于今六十歲矣。而鄉鄰之生日蹙。殫其地之出。竭其廬之入。號呼而轉徙。饑渴而頓踣。觸風雨。犯寒暑。呼噓毒癘。往往而死者相藉也。曩與吾祖居者。今其室十無一焉。與吾父居者。今

一支應前

林希元曰像此所以請願捕蛇讀此數語情態如畫而一段無聊之意溢于言外此下文勢凡四轉每轉愈緊

其室十無二三焉。與吾居十二年者。今其室十無四五焉。非死而徙爾。而吾以捕蛇獨存。悍吏之來吾鄉。叫囂乎東西。隳突乎南北。譁然而駭者。雖雞狗不得寧焉。吾恂恂而起。視其缶。而吾蛇尚存。則弛然而臥。謹食音嗣之。時而獻焉。退而甘食其土之有。以盡吾齒。一轉蓋一歲之犯死者二焉。其餘則熙熙而樂。豈若吾鄉鄰之旦旦有是哉。二轉今雖死乎此。比吾鄉鄰之死則已後矣。又安敢

林次崖曰此轉尤佳

毒耶。余聞而愈悲。（三轉）孔子曰。苛政猛於虎也。吾嘗疑乎是。今以蔣氏觀之。尤信。（四轉）嗚呼。孰知賦斂之毒有甚是蛇者乎。故為之說。以俟夫觀人風者得焉。

此文借捕蛇以論苛政規諷世主是有用之文非相如楊雄之流也豈可以非漢文而少之

鶻說

有鷙曰鶻者。穴于長安薦福浮圖。有年矣。浮圖之人。室宇於其下者。伺之甚熟。爲余說之曰。冬日之夕。是鶻也。必取鳥之盈握者完而致之以燠其爪掌。左右而易之。旦則執而上浮圖之跂焉。縱之。延其首以望。極其所行。往必背而去焉。苟東矣。則是日也不東逐。南北亦然。嗚呼。孰謂爪吻毛翮之物。而不爲仁義器耶。是固無號位爵祿之欲。里閭親戚朋友之愛也。出乎㲉卵。而知攫食決裂之事爾。不爲其他。凡食類之饑。唯旦爲甚。今忍而釋之。以有報也。是不亦卓然有立者乎。用其力。而愛其死。以忘其饑。又遠而違之。非仁義之道耶。恒其道。一其志。不欺其心。斯固世之所難得也。余又疾夫今之說曰。以喣喣而默。徐徐而俯者。善之徒。以翹翹而厲。炳炳而白者。暴之徒。今夫梟鵂晦於晝而神於夜。鼠不宂寢廟。循牆而走。是不近於呴呴者耶。今夫鶻。其立趯然。其動砉然。其視的然。其鳴革然。是不近於翹翹者耶。由是而觀其所爲。則今之說爲未得也。孰若鶻者。吾願從之。毛耶翮耶。胡不我施。寂寥泰清。樂以忘饑。

柳子疾世之獲其利而復擠之死者故有是文亦可以刺世矣

説車贈楊誨之

楊誨之將行。柳子起而送之。門有車過焉。指焉而告之曰。若知是之所以重任而行於世乎。材良而器攻。圓其外而方其中然也。材而不良則速壞。工之爲功也。不攻則速敗。中不方。則不能以載。外不圓。則窒拒而滯。方之所謂者。箱也。圓之所謂者。輪也。匪箱不居。匪輪不塗。吾子其務法焉者乎。曰。然。曰。是一車之説也。非衆車之説也。吾將告子乎衆車之說。澤而杼。山而侔。上而輕。下而軒且戾。辟而驥左。華而長轂以戟巢焉而以望。安以愛老。轞以蔽內。垂綏而以畋。載十二旒。而以廟以郊。以陳于庭。其類衆也。然而其要。存乎材良而㽞攻。圓其外而方其中也。是故任而安之者箱。達而行之者輪。恒中者軸。揭而固者蚤。長而撓。進不罪乎馬。退不罪乎人者輈。却暑與雨者蓋。敬而可伏者軾。服而制者馬。若牛然後衆車之用具今楊氏仁義之材也其產材良誨之學古道爲古辭冲然而有光其爲工也攻果能恢其量若箱周而通之若輪守大中以動乎外而不變乎内若軸攝之以剛健若蚤引焉而且御乎物若轅高以遠乎汚若蓋下以成乎禮若軾險而安易而利動而法則庶乎車之全也詩之言曰駟牡騑騑六轡如琴孔氏語曰左爲六官右爲執法此其以達於大政也凡

人之質不良。莫能方且恒。質良矣。用不周。莫能以圓遂。孔子於鄉黨恂恂如也。遇陽虎。必曰諾。而其在夾谷也。視叱齊侯類蓄狗。不震乎其內。後之學孔子者。不志於是。則吾無望焉耳矣。誨之吾戚也。長而益良。方其中矣。吾固欲其任重而行於世。懼圓其外者未至。故說車以贈

子厚之文多峻峭鑱巖而骨理時深

伊尹五就桀贊

伊尹五就桀。或疑曰湯之仁。聞且見矣。桀之仁仁。聞且見矣夫胡去就之亟也。柳子曰。惡。是吾所以見伊尹之大者也。彼伊尹聖人也。聖人出於天下。不夏商其心。心乎生民而已。曰。孰能由吾言。由吾言者爲堯舜。而吾生人堯舜人矣。退而思曰。湯誠仁。其功遲。桀誠不仁。朝吾從。而暮及於天下。可也。於是就桀。桀果不可得。反而從湯。既而又思曰。尚可十一乎。使斯人蚤被其澤也。又往就桀。桀不可而又從湯以至於百一千一萬一卒不可。乃相湯伐桀。俾湯爲堯舜而人爲堯舜之人。是吾所以見伊尹之大者也。仁至於湯矣。四去之。不仁至於桀矣。五就之。大人之欲速其功如此。不然。湯桀之辨。一恒人盡之矣。又奚以憧憧聖人之足觀乎。吾觀聖人之急生人。莫若伊尹。伊尹之大。莫若於五就桀。作伊尹五就桀贊。

聖有伊尹。思德於民。往歸湯之仁。曰仁則仁矣。非久不親。退思其速之道。宜夏是因。就焉不可。復反亳殷。猶不忍其遲。亟往以觀。庬狂作聖。一日勝殘。至千萬冀一。卒無其端。五往不疲。其心乃安。遂升自陑。黜桀尊湯。遺民以完。大人無形。與道爲偶。道之爲大。爲人父母。大矣伊尹。惟聖之首。既得其仁。猶病其久。恒人所疑。我之所大。

嗚呼遠哉志以爲誨。

尹之五就桀處尹知之吾不能言之然而

予厚揣摩亦綽有思緻處

王荆石曰取青媲白肥皮厚肉今之病全在此然家弥々散篇真元氣一在真志者會當乞担

讀韓愈所著毛穎傳後題

自吾居夷。不與中州人通書。有南來者時言韓愈爲毛穎傳。不能舉其辭。而獨大笑以爲怪。而吾久不克見楊子誨之來。始持其書索而讀之若捕龍蛇。搏虎豹。急與之角而力不敢暇信韓子之怪於文也世之模擬竄竊。取青媲白。肥皮厚肉。柔筋脆骨。而以爲辭者之讀之也。其大笑固宜。且世人笑之也。不以其俳乎。而俳又非聖

耗之炬耳

人之所棄者詩曰善戲謔兮不爲虐兮太史公書有滑稽列傳皆取乎有益於世者也故學者終日討說答問呻吟習復應對進退掬溜播灑則罷憊而廢亂故有息焉游焉之說不學操縵不能安絃有所拘者有所縱也大羹玄酒體節之薦味之至者而又設以奇異小蟲水草樝梨橘柚苦醎酸辛雖蜇掅吻裂鼻縮舌澁齒而咸有篤好之者文王之昌蒲葅屈到之芰曾皙之

羊棗然後盡天下之奇味以足於口獨文異乎韓子之爲也亦將弛焉而不爲虐歟息焉游焉而有所縱歟盡六藝之奇味以足其口歟而不若是則韓子之辭若壅大川焉其必決而放諸陸不可以不陳也且凡古今是非六藝百家大細穿穴用而不遺者毛穎之功也韓子窮古書好斯文嘉穎之能盡其意故奮而爲之傳以發其鬱積而學者得之勵其有益於世歟是其言

也。固與異世者語。而貪常嗜瑣者。猶呫呫然動
其喙。亦勞甚矣乎

于孚深服昌黎故其題如此亦其讓之一

端也

王荊石曰韓之送窮文類此而描寫處流麗通暢不及柳

乞巧文

柳子夜歸自外。夜有設詞者。餈餌馨香。蔬果交羅。插竹垂綏。剖爪犬牙。且拜且祈。怪而問焉。女隸進曰。今茲秋孟七夕。天女之孫。將嬪於河鼓。邀而祠者。幸而與之巧。驅去蹇拙。手目開利。組紝縫製。將無滯於心焉。爲是禱也。柳子曰。苟然歟。吾亦有所大拙。倘可因是以求去之。乃纓弁束衽。促武縮氣。旁趨曲折。傴僂將事。再拜稽首。

王荊石曰寒而厓

稱臣而進曰。下土之臣。竊聞天孫專巧于天。轇轕璇璣。經緯星辰。能成文章。黼黻帝躬。以臨下民。欽聖靈仰光耀之日久矣。今聞天孫不樂其獨。得貞卜於玄龜。將蹈石梁。款天津。儷於神夫於漢之濱。兩旗開張。中星耀芒。靈氣翕歘。茲辰之良。幸而弭節。薄遊民間。臨臣之庭。曲聽臣言。臣有大拙。智所不化。醫所不攻。威不能遷。寬不能容。乾坤之量。包含海岳。臣身甚微。無所投足。

蟻適于垤。蝸休于殼。黿鼉螺蚌。皆有所伏。臣物之靈。進退唯辱。仿佯爲狂。局束爲諂。吁吁爲詐。坦坦爲忝。他人有身。動必得宜。周旋獲笑。顛倒逢嘻。己所尊暱。人或怒之。變情徇勢。射利抵巇。中心甚憎。爲彼所奇。忍仇佯喜。悅譽遷隨。胡執臣心。常使不移。反人是己。曾不懼疑。貶名絶命。不負所知。抃嘲似傲。貴者啟齒。臣旁震驚。彼且不耻。叩稽匍匐。言語譎詭。令臣縮恧。彼則大喜。

臣若效之瞋怒叢已彼誠大巧臣拙無比王侯
之門狂吠狴犴臣到百步喉喘顛汗睢盱逆走
魄遁神叛欣欣巧夫徐入縱誕毛羣掉尾百怒
一散世途昏險擬步如漆左低右昂闔冒衝突
鬼神恐悖聖智危慄泯焉直透所至如一是獨
何工縱橫不恤非天所假彼智焉出獨嗇於臣
恒使玷黜沓沓騫騫恣口所言迎知喜惡默惻
憎憐搖脣一發徑中心原膠加鉺夾誓死無遷

王荆石曰以下更皺四句不板

探心扼膽。踊躍拘牽。彼雖佯退。胡可得旃。獨結臣舌。喑抑銜寃。擘眥流血。一辭莫宣。胡爲賦授有此奇偏。眩耀爲文。瑣碎排偶。抽黃對白。啽哢飛走。駢四儷六。錦心繡口。宮沉羽振。笙簧觸手。觀者舞悅。誇談雷吼。獨溺臣心。使甘老醜。嚚昏莽鹵。樸鈍枯朽。不期一時。以俟悠久。旁羅萬金。不鬻弊帚。跪呈豪傑。投棄不有。眉矉頻蹙。喙唾胷歐。大赦而歸。填恨低首。天孫司巧。而窮臣若是。卒不余畀。獨何酷歟。敢顧聖靈悔禍。矜臣獨艱。付與姿媚。易臣頑顏。鑿臣芳心。規以大圓。拔去吶舌。納以工言。文詞婉軟。步武輕便。齒牙饒美。眉睫增妍。突梯卷臠。爲世所賢。公侯卿士。五屬十連。彼獨何人。長享終天。言訖又再拜。稽首俯伏。以俟至夜半。不得命。疲極而睡。見有青褒朱裳。手持絳節而來告曰。天孫告汝。汝詞良苦。凡汝之言。吾所極知汝擇而行。嫉彼不爲。汝之所欲。汝自可期。胡不爲之。而誑我爲。汝唯知耻諂貌淫辭。寧辱不貴。自適其宜。中心已定。胡妄而祈。堅汝之心。啓汝所持。得之爲大。失不汗卑。凡吾所有。不敢汝施。致命而昇。汝愼勿疑。嗚呼天之所命。不可中華。泣拜欣受。初悲後懌。抱拙終身。以死誰惕。

予覽子厚所托物賦文甚多大較由遷謫僻徼日月且久讎書之暇情思所觸輒鑄

文以自娛云其旨雖不遠而其調亦近乎風騷矣予故錄而存之

王荆石曰尚非極得意之文

斬曲几文

后皇植物，所貴乎直。聖主取焉，以建家國。亘爲棟楹，齊爲閫閾。外隅平端，中室謹飭。度焉以几，維量之則。君子憑之，以輔其德。末代淫巧，不師古式。斷兹揉木，以限肘腋。欹形詭狀，曲程詐力。制類奇邪，用絕繩墨。勾身陋狹，危足僻側。支不得舒，脅不遑息。余胡斯蓄，以亂人極。追咎厥始，惟物之殘。稟氣失中，遭生不完。託地墝埆，反時

燠寒。欝悶結澀。瘙蹇艱難。不可以遂。遂虧其端

離奇詰屈。縮悪嶄屼。含蝎孕蠹。外邪中乾。或因

先容。以售其蟠。病夫苒焉。制器以安。彼風毒敗

形。陰沴遷魄。禍氣侵骨。淫神化脉。體及筋倦。榮

乖衛逆。乃喜茲物。以爲已適。器之不祥。莫是爲

敵。烏可昵近。以招禍癖。且人道甚惡。惟曲爲先。

在心爲賊。在口爲慾。在肩爲僂。在膝爲攣。戚施

踦跂。匍匐拘拳。古皆斥遠。莫致於前。問誰其類

惡木盜泉。朝歌迴車。簡牘載焉。昭王市骨。樂毅
歸燕。今我斬此。以希古賢。諂諛宜惕。正直宜宣
道焉是遠。法焉是專。咨爾君子。曷不乾乾。既和
且平。獲祐于天。去惡在微。慎保其傳。

經曰曲而苦娶人未嘗絶曲也子厚性剛
直故以此得世謗嫉而斬之情見乎文

宥蝮蛇文

家有僮善執蛇。晨持一蛇來謁曰。是謂蝮蛇。犯於人。死不治。又善伺人。聞人咳喘步驟。輒不勝其毒。捷取巧噬。肆其害。然或慊不得於人。則愈怒。反齧草木。草木立死。後人來觸死莖。猶墮指攣腕腫足爲廢病。必殺之。是不可留。余曰汝惡得之。曰。得之榛中。曰。榛中若是者可旣乎。曰。不可。其類甚博。余謂僮曰。彼居榛中。汝居宮內。彼不汝卽而汝卽彼。犯而鬬死。以執而諷者。汝實健且險。以輕近是物。然而殺之。汝益暴矣。彼耕獲者。求薪蘇者。皆土其鄉。知防而入焉。執耒操鞭。持芟杕以遠其害。汝今非有求於榛者也。容汝居。易汝庭。不淩奥。不步闈。是惡能得而害汝。且彼非樂爲此態也。造物者賦之形。陰與陽命之氣。形甚怪僻。氣甚禍賊。雖欲不爲是。不可得也。是獨可悲憐者。又孰能罪而加怒焉。汝勿殺

王荆石曰已字悲是乎字

也余悲其不得已而所爲若是卬其眘諭而宥之其辭曰

吾悲乎天形汝軀絕翼去足無以自扶曲脊屈膂惟行之紆目兼蜂蠆色混泥塗其頸蹙恧其腹次且褰鼻鈎牙穴出榛居蓄怒而蟠銜毒而趍志蘄害物陰妬潛狙汝之稟受若是雖欲爲鼉爲螾焉可得已凡汝之爲惡非樂乎此緣形役性不可自止草摇風動百毒齊起首拳脊努

君子遠惡人以避咎也

呥舌搖尾。不逞其凶。若病乎巳。世皆寒心。我獨悲爾。吾將薙吾庭。葺吾楹。窖吾垣。嚴吾扃。俾奧草不植。而宂隙不萌。與汝異途。不相交爭。雖汝之惡。焉得而行噬。造物者胡甚不仁。而巧成汝質。既稟乎此。能無危物。賊害無辜。惟汝之實。陰陽爲戾。假汝忿疾。余胡汝尤。是戮是抶。宥汝于野。自求終吉。彼樵豎持芟。農夫執耒。不幸而遇將除其害。餘力一揮。應手縻碎。我雖汝活。其惠實大。他人異心。誰釋汝罪。形既不化。終焉能悔。嗚呼悲乎。汝必死乎。毒而不知反訟乎內。今雖寬焉、後則誰賚。陰陽爾。造化爾道烏乎在。可不悲歟。

柳子不殺蛇蝮胸次亦大

憎王孫文 并文

猨王孫居異山德異性不能相容猨之德靜以恒類仁讓孝慈居相愛食相先行有列飲有序不幸乖離則其鳴哀有難則內其柔弱者不踐稼蔬木實未熟相與視之謹既熟嘯呼羣萃然後食衎衎焉山之小草木必環而行遂其植故猨之居山恒鬱然王孫之德躁以囂勃諍號呶唶唶彊彊雖羣不相善也食相噬齧行無列飲

唐荆川曰洒然

無序乖離而不恩有難推其柔弱者以免好踐
稼蔬所過狼藉披攘木實未熟輒齕齧投注竊
取人食皆知自實其嗛山之小草木必凌挫折
挽使之瘁然後已故王孫之居山恒蒿然以是
猨羣衆則逐王孫王孫羣衆則齕猨猨棄去終
不與抗然則物之甚可憎莫王孫若也余棄山
間久見其趣如是作憎王孫云
湘水之悠兮其上羣山胡茲鬱而彼瘁兮善惡

異居其間惡者王孫兮善者猨環行遂植兮止
暴殘王孫兮甚可憎噫山之靈兮胡不賊旃跳
踉叫囂兮衝目宣斷外以敗物兮內以爭羣排
鬬善類兮譁駭披紛盜取民食兮私已不分充
嗛果腹兮驕傲驩欣嘉禾美木兮碩而繁羣披
競齧兮枯株根毀成敗實兮更怒喧居民厭苦
兮號穹旻王孫兮甚可憎噫山之靈兮胡獨不
聞猨之仁兮受逐不校退優游兮惟德是傚廉

王荆石曰固然疑爲同歟

來同兮聖囚。禹稷合兮凶誅。羣小遂兮君子違。大人聚兮孽無餘。善與惡不同鄉兮。否康既兆其盈虛。伊細大之固然兮。乃禍福之攸趍。王孫兮甚可憎。噫山之靈兮。胡逸而居。

六足風刺

王荊石曰善用術語

弔屈原文

後先生蓋千祀兮余再逐而浮湘求先生之汨羅兮擥衡若以薦芳願荒忽之顧懷兮冀陳辭而有光先生之不從世兮惟道是就支離搶攘兮遭世孔疚華蟲薦壤兮進御羔褏牝雞咿嚘兮孤雄束咮哇咬環觀兮蒙耳大呂堇喙以爲羞兮焚棄稷黍犴獄之不知避兮宮庭之不處陷塗藉穢兮榮若繡黼榱折火烈兮娭娭笑舞

讒巧之嘵嘵兮惑以爲咸池便娟鞠恧兮美愈
西施謂謨言之怪誣兮反寘塡而遠違匿重痼
以諱避兮進俞緩之不可爲何先生之凛凛兮
厲鍼石而從之但仲尼之去魯兮曰吾行之遲
遲柳下惠之直道兮又焉往而可施今夫世之
議夫子兮曰胡隱忍而懷斯惟達人之卓軌兮
固僻陋之所疑委故都以從利兮吾知先生之
不忍立而視其覆墜兮又非先生之所志窮與

達固不渝兮夫唯服道以守義矧先生之悃愊
兮滔大故而不貳沉璜瘞佩兮孰幽而不光荃
蕙蔽匿兮胡久而不芳先生之貌不可得兮猶
髣髴其文章託遺編而歎喟兮渙余涕之盈眶
呵星辰而驅詭怪兮夫孰救於崩亡何揮霍夫
雷電兮苟爲是之荒茫耀姱辭之曭朗兮世果
以是之爲狂哀余衷之坎坎兮獨蘊憤而增傷
諒先生之不言兮後之人有何望忠誠之既內

激兮。抑衘忍而不長羋（音弭）爲屈之幾何兮。胡獨焚其中腸。吾哀今之爲仕兮。庸有慮時之否臧。食君之祿畏不厚兮。悼得位之不昌。退自服以黙黙兮。曰吾言之不行。既媮風之不可去兮。懷先生之可忘。

文不如賈誼所弔屈原者之賦而詞亦儻朗

王荊石曰老筆

三戒并序

吾恒惡世之人。不知推己之本。而乘物以逞。或依勢以干非其類。出技以怒強。竊時以肆暴。然卒迨于禍。有客談麋驢鼠三物。似其事。作三戒。

臨江之麋

臨江之人。畋得麋麑。畜之。入門。羣犬垂涎。揚尾皆來。其人怒。怛之。自是日抱就犬。習示之。使勿動。稍使與之戲。積久。犬皆如人意。麑稍大。忘己

胡時化曰布置妙

之麋也。以爲犬良我友。抵觸偃仆益狎。犬畏主人。與之俯仰甚善。然時啖其舌。三年。麋出門外。見外犬在道甚衆。走欲與爲戲。外犬見而喜且怒。共殺食之。狼藉道上。麋至死不悟。

黔之驢

黔無驢。有好事者。船載以入。至則無可用。放之山下。虎見之。尨然大物也。以爲神。蔽林間窺之。稍出近之。慭慭然莫相知。他日驢一鳴。虎大駭

孫次崖曰形類
有德數句收拾
精神殷浩敗于
桑山房琯敗于
陳濤亦此類也

遠遁。以爲且噬已也。甚恐。然往來視之。覺無異能者。益習其聲。又近出前後。終不敢搏。稍近益狎。蕩倚衝冒。驢不勝怒。蹄之。虎因喜。計之曰。技止此耳。因跳踉大㘎。斷其喉。盡其肉。乃去。噫。形之尨也類有德。聲之宏也類有能。向不出其技。虎雖猛。疑畏卒不敢取。今若是焉。悲夫。

永某氏之鼠

永有某氏者。畏日。拘忌異甚。以爲已生歲直子。

鼠子神也。因愛鼠不畜貓。大禁僮勿擊鼠。倉廩庖廚。悉以恣鼠不問。由是鼠相告。皆來某氏。飽食而無禍。某氏室無完器。椸無完衣。飲食大率鼠之餘也。晝累累與人兼行。夜則竊齧鬬暴。其聲萬狀。不可以寢。終不厭。數歲。某氏徙居他州。後人來居。鼠爲態如故。其人曰。是陰類惡物也。盜暴尤甚。且何以至是乎哉。假五六貓。闔門撤瓦灌穴。購僮羅捕之。殺鼠如丘。棄之隱處。臭數月乃巳。嗚呼。彼以其飽食無禍。爲可恒也哉。

王荊石曰却可疑

唐荊川曰以下四句何乃似劉禹錫文

謗譽

凡人之獲謗譽于人者。亦各有道。君子在下位則多謗。在上位則多譽。小人在下位則多譽。在上位則多謗。何也。君子宜于上。不宜于下。小人宜于下。不宜于上。得其宜。則譽至。不得其宜。則謗亦至。此其凡也。然而君子遭亂世。不得已而在于上位。則道必咈于君。而利必及于人。由是謗行于上。而不及于下。故可殺可辱。而人猶譽之。小人遭亂世。而後得居于上位。則道必合於君。而害必及于人。由是譽行于上。而不及于下。故可寵可富。而人猶謗之。君子之譽。非所謂譽也。其善顯焉爾。小人之謗。非所謂謗也。其不善彰焉爾。然則在下而多謗者。豈盡愚而狡也哉。在上而多譽者。豈盡仁而智也哉。其謗且譽者。豈盡明而善褒貶也哉。然而世之人。聞而大惑。出一庸人之口。則羣而鄙之。且置於遠邇。莫不

王荊石曰談間亦少力

以爲信也。豈惟不能褒貶而已。則又蔽於好惡。奪於利害。吾又何從而得之也。孔子曰不如鄉人之善者好之。其不善者惡之。善人者之難見也。則其謗君子者爲不少矣。其謗孔子者。亦爲不少矣。傳之記者。叔孫武叔。時之顯貴者也。其不可記者。又不少矣。是以在下而必困也。及乎遭時得君。而處乎人上。功利及於天下。天下之人。皆歡而戴之。向之謗之者。今從而譽之矣。是

忽接孔子

以在上而必彰也。或曰。然則聞謗譽于上者。反而求之可乎。曰。是惡可。無亦徵其所自而已矣。其所自善人也。則信之。不善人也。則勿信之矣。苟吾不能分於善不善也。則已耳。如有謗譽乎人者。吾必徵其所自。未敢以其言之多。而舉且信之也。其有及乎我者。未敢以其言之多。而榮且懼也。苟不知我。而謂我盜跖。吾又安取懼焉。苟不知我。而謂我仲尼。吾又安取榮焉。知我者之善不善。非吾果能明之也。要必自善而已矣。

較之昌黎原毀文當退一格然亦粹焉

王荊石曰此小文却饒越樣運

愚溪對

柳子名愚溪而居五日溪之神夜見夢曰子何辱予使予爲愚耶有其實者名固從之今予固若是耶予聞閩有水生毒霧厲氣中之者溫屯嘔泄藏石走瀨連艫糜解有魚焉鋸齒鋒尾而獸蹄是食人必斷而躍之乃仰噬焉故其名曰惡溪西海有水散渙而無力不能負芥投之則委靡墊沒及底而後止故其名曰弱水秦有水

汩泥淖。撓混沙礫。覷之分寸。眙若覗壁。淺深險易。昧昧不覿。乃合清渭。以自彰穢跡。故其名爲曰濁涇。雍之西有水。幽險若漆。不知其所出。故其名曰黑水。夫惡弱。六極也。濁黑。賤名也。彼得之而不辭。窮萬世而不變者。有其實也。今予甚清與美。爲子所喜。而又功可以及圃畦。力可以載方舟。朝夕者濟焉。子幸擇而居予。而辱以無實之名。以爲愚。卒不見德而肆其誣。豈終不可華耶。柳子對曰、汝誠無其實。然以我之愚而獨好汝。汝惡得避是名耶。且汝不見貪泉乎。有飲而南者、見交趾寶貨之多、光溢於目、思以兩手左右攫而懷之、豈泉之實耶。過而往貪焉、猶以爲名。今汝獨招愚者居焉、久留而不去、雖欲華其名、不可得矣。夫明王之時、智者用、愚者伏。用者宜邇、伏者宜遠。今汝之託也、遠王都三千餘里、仄僻廻隱、蒸鬱之與曹、螺蚌之與居。唯觸罪擯辱。愚陋黜伏者。日侵侵以遊汝。闖闖以守汝。汝欲爲智乎。胡不呼今之聰明皎厲。握天子有司之柄。以生育天下者。使一經於汝。而唯我獨處。汝既不能得彼。而見獲於我。是則汝之實也。當汝爲愚。而猶以爲誣。寧有說耶。曰。是則然矣。敢問子之愚何如。而可以及我。柳子曰。汝欲窮我之愚說耶。雖極汝之所往。不足以申吾喙。涸汝之所流。不足以濡吾翰。姑示子其略。吾茫洋乎無知氷雪之交衆裘我絺。溽暑之鑠。衆從之風。而我從之火吾盪而趍不知大行之異乎九衢。以敗吾車。吾放而遊不知呂梁之異乎安流。以没吾舟。吾足蹈坎井。頭抵木石。衝冐榛棘。僵仆虺蜴。而不知怵惕。何喪何得。進不爲盈。退不爲抑。荒凉昏默。卒不自克。此其大凡者也。頋以是汙汝。可乎。於是溪神深思而歎曰。嘻。有餘矣。是及我也。因俯而羞。仰而吁。涕泣交流。舉手而辭。辭悔一明。覺而莫知所之。遂書其對。

柳子自嘲并以自矜

王荆石曰步〻驚〻

設漁者對智伯

智氏既滅范中行。志益大合韓魏圍趙。水晉陽。智伯瑶乘舟以臨趙。且又往來觀水之所自。務速取焉。羣漁者。有一人坐漁。智伯怪之。問焉。曰。若漁幾何。曰。臣始漁於河。中漁於海。今主大茲水。臣是以來。曰。若之漁何如。曰。臣幼而好漁。始臣之漁於河。有魦鱮鱣鰋者。不能自食。以好臣之餌。日收者百焉。臣以爲小。去而之龍門之下。

佳語張本

伺大鮪焉。夫賄之來也。從魴鯉數萬。垂涎流沫
後者得食焉。然其饑也。亦返吞其後。愈肆其力。
逆流而上。慕爲螭龍。及夫抵大石。亂飛濤。折鰭
禿翼。顛倒頓踣。順流而下。宛委冒懵。環坻溆而
不能出。嚮之從魚之大者。幸而啄食之。臣亦徒
手得焉。猶以爲小。聞古之漁。有任公子者。其得
盖大。於是去而之海上。北浮於碣石。求大鯨焉。
臣之具未及施。見大鯨驅羣蛟。逐肥魚於渤澥

之尾。震動大海。簸掉巨島。一啜而食若舟者數十。勇而未已。貪而不能止。北歷於碣石。槁焉。嚮之以爲食者。反相與食之。臣亦徒手得焉。猶以爲小。聞古之漁有太公者。其得益大。釣而得文王。於是舍而來。智伯曰。今若遇我也如何。漁者曰。嚮者臣已言其端矣。始晉之侈。家若欒氏祁氏郤氏羊舌氏。以十數。不能自保以貪晉國之利。而不見其害。主之家與五卿。嘗裂而食之矣。

是無異魦鱮鱣鰸也腦流骨腐於主之故鼎。可
以懲矣。然而猶不肯寤。又有大者焉。若范氏中
行氏。貪人之土田。侵人之勢力。慕爲諸侯。而不
見其害。主與三卿。又裂而食之矣。脘其鱗。鱠其
肉。刳其腸。斷其首而棄之。鯤鮞遺胤。莫不備俎
豆。是無異夫大鮪也。可以懲矣。然而猶不肯寤。
又有大者焉。吞范中行以益其肥。猶以爲不足。
力愈大。而求食愈無饜。驅韓魏以爲羣鮫。以逐

趙之肥魚而不見其害。貪肥之勢。將不止於趙。臣見韓魏懼其將及也。亦幸主之蹙於晉陽。其目動矣。而主乃傲然。以爲咸在機俎之上。方磨其舌。抑臣有恐焉。今輔果舍族而退。不肯同禍段規怨深而造謀主之不寤。臣恐主爲大鯨首解於邯鄲。鬛摧於安邑。脅披於上黨。尾斷於中山之外。而腸流於大陸。爲鱻薧以充三家子孫之腹。臣所以大懼。不然。主之勇力強大。於文王

王荊石曰又此

何有。智伯不悅終以不寤。於是韓魏與趙合滅智氏。其地三分。

諷貪得而招敵者而文亦極力摹寫

柳文目錄卷之七

碑銘墓版碣誄表狀祭文

柳州司馬孟公墓誌銘

永州刺史崔君權厝誌

故連州員外司馬凌君權厝誌

大府李卿外婦馬淑誌

筝郭師墓誌

故叔父殿中侍御史府君墓版

國子司業陽城遺愛碣

亡友故秘書省校書郎獨孤君墓碣

侍御史周君碣

衡州刺史東平呂君誄

段太尉逸事狀

祭呂衡州温文

又祭崔簡神柩歸上都文

陡壯一由奇

柳文卷之七

柳州文宣王新修廟碑

仲尼之道與王化遠邇惟柳州古爲南夷椎髻卉裳攻刼鬬暴雖唐虞之仁不能柔秦漢之勇不能威至于有國始循法度置吏奉貢咸若采衛冠帶憲令進用文事學者道堯舜孔子如取諸左右執經書引仁義旋辟唯諾中州之士時或病焉然後知唐之德大以遐孔子之道尊而

本色引証抄

明元和十年八月。州之廟屋壞。幾毀神位。刺史柳宗元始至大懼不任。以墜教基。丁未。奠薦法齊時事。禮不克施。乃合初亞終獻。三官衣布。洎于羸財。取土木金石。徵工儆功。完舊益新。十月乙丑。王宮正室成。乃安神棲。乃正法庭。祗會群吏。卜日之吉。虔告于王靈曰。昔者夫子嘗欲居九夷。其時門人猶有惑聖言。今夫子代千有餘載。其教始行。至于是邦。人去其陋。而本於儒。孝父忠君。言及禮義。又況巍然炳然。臨而炙之乎。惟夫子以神道設教。我今罔敢知。欽若茲教。以寧其神。追思告誨。如在于前。苟神之在。曷敢不虔。居而無陋。罔貳昔言。申陳嚴祀。永永是尊。麗牲有碑。刻在廟門。

林次崖曰子厚嘗自言欲為文章本之經史此篇決有關世教深經史之與者宜熟讀之

王荊公曰六朝風韻

箕子碑

凡大人之道有三。一曰正蒙難。二曰法授聖。三曰化及民。殷有仁人曰箕子。實具茲道。以立于世。故孔子述六經之旨。尤殷勤焉。當紂之時。大道悖亂。天威之動不能戒。聖人之言無所用。進死以併命誠仁矣。無益吾祀。故不為。委身以存祀。誠仁矣。與亡吾國。故不忍。具是二道有行之者矣。是用保其明哲。與之俯仰。晦是謨範。辱於囚奴昏而無邪隤而不息。故在易曰。箕子之明夷正蒙難也。及天命既改。生人以正。乃出大法。用爲聖師周人得以序彝倫。而立大典。故在書曰以箕子歸作洪範。法授聖也。及封朝鮮。推道訓俗惟德無陋惟人無遠。用廣殷祀俾夷爲華。化既民也率是大道。蒞於厥躬。天地變化。我得其正其大人歟。於虖當其周時未至殷祀未殄。比干已死微子已去向使紂惡未稔而自斃。武庚念亂以圖存國無其人誰與興理是固人事之或然者也然則先生隱忍而爲此其有志於斯乎唐其年作廟汲郡歲時致祀嘉先生獨列於易象作是頌云

蒙難以正授聖以謩宗祀用繁夷民其蘇憲憲大人顯晦不渝聖人之仁道合隆汙明哲在躬不陋爲奴冲讓居禮不盈稱孤高而無危卑不可踰非死非去有懷故都時詘而伸卒爲世模

易象是列。文王爲徒。大明宣昭崇祀式孚。古闕訟辯。繼在後儒。

予學文字多模前人體式唯當其時自出新意此古人心思所未及者也故謝疊山深取之

王荆石曰若

武岡銘 并序

元和七年四月。黔巫東鄙。蠻獠雜擾。盗弄庫兵。賊脅守帥。南鈎牂牁。外誘西原。置魁立帥。殺牲盟誓。洞窟林麓。嘯呼成羣。皇帝下銅獸符。發庸蜀荆漢南越東甌之師。四面討問。畏罪憑阻。逃逋不即誅。時惟潭部戎帥御史中丞柳公綽。練立將校。提卒五百。屯于武岡。不震不騫。如山如林告天子威命。明白信順。亂人大恐。視公之師如百萬。視公之令如風雷。怨號呻唫。喜有攸訴。投刃頓伏。願完父子。卒爲忠信。奉職輸賦。進比華人無敢不龔。母弟生壻。繼來于潭。咸致天庭。皇帝休嘉。式新厥命。兇渠同惡。華面向化。如醉之醒。如狂之寧。公爲藥石。俾復其性。詔書顯異。進臨江漢。益兵三倍。爲時碩臣。殿于大邦。文儒申申。有此武功。於是夷人始復。聞公之去。相與高蹈涕呼。若寒去裘。昔公不夸首級。爲己能力。

王荆石曰令恐爲令

合一作谷
彼一作柀

專務教晦。俾邦斯平。我老洎幼。由公之仁。小不爲虺蜮。大不爲鯨鯢。恩重事特。不邇而遠。莫可追已。願銘武岡首。以慰我思。以昭我類。以示我子孫。彌億萬年。俾我奉國。如令之誠。鄰之我懷。如公之勤。其辭曰。

黔山之巑。巫水之潘。魚駭而離。獸犯而殘。戶恐合窴。彼攘仍亂。王師來誅。期死以緩。公明不疑。公信不欺。援師定命。俾邦克正。皇仁天施。我反其性。我塗四闔。公示之門。我愚抵死。公示之恩。
既骨而完。既亡而存。奉公之訓。貽我子孫。我始
蟊賊。由公而仁。我始寇酧。由公而親。山畋澤獻。
輸賦于都。陶穴刋木。室我姻族。烹牲是祀。公受
介福。揲蓍以占。公宜百祿。皇懋公功。陟于大邦。
遠哉去我。誰嗣其良。有穴之丹。有犀之顛。匪曰
余固。公不可賂。視鄰之德。恒遵公則。最余之世。
永謹邦制。南夷作詩。刻示來裔。

諸銘中似此篇最優

覃季子墓銘

覃季子其人生愛書貧甚尤介特不苟受施讀經傳言其説數家推太史公班固書下到今橫竪鉤貫又且數十家通爲書號覃子史纂又取鬻老管莊子思晏孟下到今其術自儒墨名法至於狗蟲草木凡有益於世者爲子纂又百有若干家篤於聞不以仕爲事黜陟使取其書以氏名聞除太子校書某年月日死永州祁陽縣

其鄉。將死。歎曰。寧有聞而窮乎。將無聞而豐乎。
寧介而躓乎。將溷而遂乎。塟其鄉。後若干年。柳
先生來永州。戚其文不大於世。求其墓。以石銘。
銘曰。
因其獨。豐其辱。
跌宕

王荊石曰學者略其格而取其詞足知三棗一貫更無美別

唐故中散大夫檢校國子祭酒兼安南都護御史中丞充安南本管經畧招討處置等使上柱國武城縣開國男食邑三百戸

張公墓誌銘 并序

漢光中興。馬援雄絕域之志。晉武一統。陶璜布殊俗之恩。理隨德成。功與時並。今皇帝載新景命。丕冐海隅。時維公祇復厥績。交趾之理。績于前人。公諱某字某。某郡人也。曾祖彥師朝散大夫尚書駕部郎中。祖瑾懷州武德縣令。考清朝議郎試大理寺丞。贈右賛善大夫。咸有懿美。積爲餘慶。公以忠肅循其中。以文術昭于外。推經旨以飾吏事。本法理以平人心。始命蘄州蘄春主簿。句會敏給。厥聲顯揚。仍以左領軍衛兵曹爲安南經畧巡官。申固扞衛。有聞彰徹。轉金吾衛判官。三歷御史。績用洪大。揚于天庭。加檢校尚書禮部員外郎。換山南東道節度判官。復轉

王荊石曰遷對尤長而整六朝之家极矣然終不近自然

郎中。爲安南副都護。賜紫金魚袋。充經畧副使。遷檢校太子右庶子。兼安南都護御史中丞。充本管經畧招討處置等使。公自爲吏。習於海邦。凡其比較勤勞。利澤長久。去之則夷獠稱亂。復至而寇攘順化。及受命專征。得陳嘉謨。誓振禍本納于夷軌。乃命一其貢奉。平其歛施。牧人盡區處之方。制國備刑體之法。道阻而通百貨。地偏而具五人。儲偫音雉委積。師旅無庚癸之呼。繕完

唐荊川曰柳文多此長股

板榦。控帶兼戊巳之位。文單環王。怙力背義。公於是陸聯長轂。海合艨艟。再舉而克殄其徒。廓地數圻。以歸于我理。烏蠻酋帥。負險蔑德。公於是外申皇威。旁達明信。一動而悉朝其長。取州二十。以被於華風。易皮弁以冠帶。化姦宄爲誠敬。皆用周禮。率由漢儀。公患浮海之役。可濟可覆而無所恃。乃剗連鳥以闢坦途。鬼工來并。人力罕用。沃日之大。束成通溝。摩霄之阻。砉爲高岸而終古蒙利公患疆埸之制一彼一此而不可常乃復銅柱爲正制鼓鑄旣施精堅是立固圉之下明若白黑易野之守險逾丘陵而萬世無虞竒琛良貨溢于王府殊俗異類盈于藁街優詔累旌其忠良太史嗣書其功烈就加國子祭酒封武城男食邑三百户凡再策勳至上柱國三增秩至中散大夫其年月薨于位年若干天子震悼傷辭有加明年其孤某官與宗人號

奉裳帷。率其家老。咨于叔父延唐令某。卜宅于潭州某原。塟用某月某日。人謀皆從。龜兆襲吉。乃刻茲石。著公之閥。以志于丘窆。以告于幽明。

銘曰。

周限荆衡。秦開百粤。交州之治。炎劉是設。德大來。服。道消自絕。伏波南征。漢威載烈。宛陵北附。晉政爰發。我唐流澤。光于有截。皇帝中興。武城授鉞。肅肅武城。惟夫之哲。更歷毗贊。顯揚彰徹。

既受休命，秉茲峻節，度其謀猷，守以廉潔，厚農薄征。匪貊匪桀，通商平貨，有來胥悅，踐山跨海。堅其鶴列，制器足兵，潰茲議結，烏蠻屈服。文單剪滅。柔遠開疆，會朝天闕。銅柱乃復，環山以晢，海無遺迸。寇罔踰越，琛賮之獻，周于窮髮。帝嘉成德。載旌茂閥，增秩策勳。土封斯裂，位厄元侯。年虧大耋。邦人號呼，夷裔悽咽。卜塋長沙，連岡啓穴。書銘薦辭，德音罔缺。

唐荆川曰偷一格類六朝體

故襄陽丞趙君墓誌

貞元十八年月日。天水趙公矜年四十二。客死于柳州。官爲斂瘞于城北之野。元和十三年。孤來章始壯。自襄陽徒行。求其瘞不得。徵書而名。其人皆死。無能知者。來章日哭于野。凡十九日惟人事之窮。則庶于卜筮。五月甲辰卜。秦誗兆之曰。金食其墨。而火以貴。其墓直丑。在道之右。南有貴神。冢土是守。乙巳于野。宜遇西人。深目

而髯。其得實因。七日發之。乃覩其神。明日求諸
野。有叟荷杖而東者。問之。曰。是故趙丞兒耶。吾
爲曹信。是邇吾墓。噫。今則夷矣。直社之比二百
舉武。吾爲子葩焉。辛亥啟土。有木焉發之。緋衣
緅衾。凡自家之物皆在。州之人皆爲出涕。誠來
章之孝。神付是叟。以與龜偶。不然其協焉如此
哉。六月某日就道。月日塟于汝州龍城縣期城
之原。夫人河南源氏先沒而祔之。矜之父曰漸

南鄭尉。祖曰倩之。鄆州司馬。曾祖曰玑安。金紫光禄大夫國子祭酒。始矜由明經爲武陽主簿。蔡帥反。犯難來歸。擢授襄城主簿。賜緋魚袋。後爲襄陽城。其墓自曾祖以下皆族以位。時宗元刺柳。用相其事。哀而旌之以銘。銘曰。

訥也摯之。信也蒞之。有朱其紱。神具列之。懇懇來章。神實恫汝。錫之老叟。告以兆語。靈其鼓舞。從而父祖。孝斯有終。宜福是與。百越蓁蓁。羈鬼相望。有子而孝。獨歸故鄉。涕盈其銘。旌爾忽忘。

事奇文亦奇古来绝調

柳州司馬孟公墓誌銘

孟氏之孤曰遵慶。奉其父命書九篇。爲善狀一篇。來告曰。月日君薨。月日將葬于某。敢請刻辭。嗚呼。公自假左贊善大夫柏王司馬太常少卿。爲義成軍中軍兵馬使。其帥魏國公躭爲宰相。命公左領軍衛將軍。事德宗順宗。今上立朝九年。加朝議大夫。居喪。會用兵于趙。起復居故官。爲左神策行營先鋒兵馬使知牙。而趙兵罷。不

川下覆說前歷
於本末

受祿。去金華服喪終期。命安州刺史。仍加侍御史安州防遏兵馬使。貶柳州司馬。公嘗佐魏公平襄陽。靖梁州。立義成軍。魏公弘大恢奇。公能以任軍政。是以又爲衛將軍。虔恭潔廉。動得禮節。伐趙之役。堅立堡壘。誓死麾下。法制明具。權力無能移。進不避患。退不敗禮。安州迫寇攘。多戎事。政出一切。吏以文持之。故貶。明年用兵于蔡。朝廷諸公。洎外諸侯。咸以公爲請。未及徵。氣乘肺溢爲水浮膚而卒。年六十。惟公志專于中。貌嚴于外。嘗立廷中。毅然望之。若圖形刻像。聞國難。輒不寢食。謀度憤吒。以故病不可治。曾祖某官諱某。祖某官諱某。父某官諱某。公之諱曰常謙。子遵慶。弟曰某。銘曰。

魯仲孫氏。其世爲孟。賁勇光武。軻儒紹聖。公傳師法。以訓戎政。執稽以庸。咸致厥命。濟濟于朝。冕服以光。壘非從利。終役復喪。忠孝孔明。君子攸彰。昔者雲中。六級下吏。公剌于安。法亦可議。
黜伏南荒。豪士獻欷。聞難以激。夫食廢寐。神乖
氣離。支膈莫遂。廷臣進言。侯伯拜章。帝命將施。
俄仆于京。代山丸丸。植柏與松。其名惟何。忠孝
孟公。

氣崢鐃畫句亦陶洗

永州刺史崔君權厝誌

博陵崔君。由進士。入山南西道節度府。始掌書記。至府罷後。凡五徙職。六增官。至刑部員外郎。出刺連永兩州。未至永。而連之人愬君。御史按章具獄。坐流驩州。幼弟訟諸朝。天子黜連帥。罷御史。小吏咸死。投之荒外。而君不克復。元和七年正月二十六日卒。孤處道洎守訥。奉君之喪。踰海水。不幸遇暴風。二孤溺死。七月某日。柩至

于永州。八月甲子。藁塟于祖壝之北四百步。崔
氏世嗣文章。君又益工。博知古今事。給數敏辨。
善謀畫。南敗蜀虜。西遏戎師。其慮皆君之自出。
後餌五石病瘍且亂。故不承于初。今尚有五丈
夫子。夫人河東柳氏。德碩行淑。先崔君十年卒。
其塟在長安東南少陵北。君以羸没家。又有海
禍力不克祔三年將復故塟也。徒志其一二大
者云

鯢爲祖畢爲父世文儒積彌厚簡其名子敬字
年五十增以二埜湘澨非其地後三年辭當備

風神可掬

示一作主

故連州員外司馬淩君權厝誌

年月日尚書都官員外郎和州刺史連州司馬富春淩君。諱準。卒于桂陽佛寺。先是六月。告于州刺史博陵崔君曰。余嘗學黃帝書。切脈視病。今余肝伏以濇。腎浮以代。將不臘而死。審矣。凡余之學孔氏。爲忠孝禮信而事固大謬。卒不能有示乎世者。命也。臣道無以明乎國。子道無以成乎家。下之得罪于人。以謫徙醜地。上之得罰于天。以降彼罪疾、余無以禦也。敢以鬼事爲累、又告爲老氏者某曰、余生於辰。今而寓乎戌。辰戌衝也。吾命與脉叶。其死矣乎。吾罪大。懼不克歸柩於吾鄉。是州之南。有大岡不食。吾甚樂焉。子其以是葬吾。及是。咸如其言云。孤夷仲求仲以其先人之善余也。勤以誌爲請。嗚呼。君字宗一。以孝悌聞于其鄉。杭州刺史常召君以訓于下讀書爲文章。著漢後春秋二十餘萬言。又著六經解圍。又文集未就。有謀略。尚氣節。賙人之急出貨力。猶棄粃粺。年二十以書干丞相。丞相以聞。試其文日萬言。擢爲崇文館校書郎。又以金吾兵曹。爲邠寧節度掌書記。涇之亂。以謀畫佐元戎。常有大功。累加大理評事御史。賜緋魚袋。換節度判官。轉殿中侍御史。府喪罷職。後遷侍御史爲浙江廉使判官。撫循罷人。按驗汙吏。吏人敬愛。厥績以懋。粹然而光。聲聞于上。召以爲翰林學士。德宗崩。邇臣議秘三日乃下遺詔。君獨抗危詞以語同列王伾。畫其不可者十六七。乃以旦日發喪。六師萬姓安其分。遂入爲尚書。仍以文章侍從。由本官參度支。調發出納。姦利衰止。以連累出和州。降連州。居母喪不得歸。而二弟繼死。不食哭泣。遂喪其明。以沒。蓋君之行事如此。其報應如此。夫人高氏。在越。孤四人。南仲。般仲。在夫人所。未至。執友河東柳宗元哀

三字銘句亦鏗然

君有道而不明白於天下。離愍逢尤夭其生且又同過故哭以爲志其辭哀焉銘曰。

噫凌君生不淑。學孔氏。揚芬郁。好謀謨。富天祿。讐禁書贊推轂覯靈龜。獲貞卜。徙東越。翊明牧。罷人蘇汚吏覆。升侍從。躬啟沃匡危疑。輿大福。吏尚書。徒隸肅。佐經邦。財用足。道之蹟身則辱。烏江垂九疑麓。仍禍凶。遘茲酷。能知命。無怨毒。罪不泯。死猶僇。何以塟。南嶺曲。魂有靈。故鄉復。

封茲壤歸骨肉。爲之銘。志陵谷。

淩與子厚同以附和王伾叔文輩故貶

陳仁錫曰單將寡人而銘馬淑豈第師曠耶

大府李卿外婦馬淑誌

氏曰馬字曰淑生廣陵母曰劉客倡也淑之父曰總既孕而卒故淑爲南康謳者李君爲睦州詆狂寇見誣左官爲循州錄過而慕焉納爲外婦偕竄南海上及移永州州之騷人多李之舊日載酒往焉聞其操鳴絃爲新聲撫節而歌莫不感動其音美其容以忘其居之遠而名之辱方幸其若是也元和五年五月十九日積疾卒

于湘水之東。塋東崗之北。垂年二十四。銘曰。

容之丰兮藝之功。隱憂以舒和樂雍。佳冶彤殯

逝安窮。諧鼓瑟兮湘之滸。嗣靈音兮永終吉。

馬湘倡也按銘法此不當銘者而予學銘

之過矣然文特佳

箏郭師墓誌

郭師名無名。無字。父奭雲中大將。無名生善音。能鼓十三絃。其爲事天姿獨得。推七律三十五調。切密邃靡。布爪指。運掌擘。使木聲絲聲。均其所自出。屈折愉繹。學者無能知。自去乳。不近葷肉。以是慕浮圖道。既失父母。即棄去兄弟。自禿緇入代清涼山。又南來楚中。然遇其故器。不能無撫弄。吳王宙刺復州。或以告。乃延入強之。宙號知聲音。抃蹈以爲神奇。會宙貶賀州。遂以來。性愛酒不能已。因縱髮爲黃老術。薛道州伯高。抵宙以書。必致之至。與坐起。伯高褒邪人也。嗜其音。知善處。輒自爲擊節。教闈管。謹視出入。餌灰柏。不食穀三年。變服逃遁九疑叢祠中。披取之。益善親遇。終不屑。卒乘暴水。入小船。下岣嶁山。求道籙。會歐陽師死。不果。受張誠副嶺南。又強輿偕。誠死。至是抵余。時已得骨髓病。日猶鼓

銘有道氣

音四五行。居數日益篤既病自爲歌。死三日。葢州北岡西。志其詞曰。

雲州生。柳州死。年五十。病骨髓。天與之音今巳矣。丁酉之年秋既季。月闕其團於是始。心爲浮圖形道士。仁人我哀理勿棄。

宕

故叔父殿中侍御史府君墓版

柳氏之先。自黃帝及周魯。其著者無駭。以字爲展氏。禽以食菜爲柳姓。厥後昌大。世家河東。嗚呼。公諱某字某。曾王父朝請大夫徐州長史。諱子夏。遺貞白之操。表儀宗門。王父朝請大夫滄洲清池令。諱從裕。垂博裕之道。啟仕後胤。皇考湖州德清令。諱察躬。弘孝悌之德。振揚家聲。惟公端莊無謟。徽柔有裕。峻而能容。介而能羣。其在閨門也。動合大和。皆由順正。愷悌雍睦。莫有閒言。故宗黨歌之。其在公門也。釋回措枉。造次秉直。事不失當。舉無秕政。故官府誦之。用冲退徑盡之志。以弘正友道。信稱於外焉。用柔和博愛之道。以事遇孤弱。仁著於內焉。此公修巳之大經也。自進士登高第。調受河南府文學。秩滿。渭北節度使倫惟明。辟爲從事。受太常寺協律郎。元戎卽世。罷職家食。無何。朔方節度使張獻甫辟署叅謀受大理評事賜緋魚袋改度支判官轉大理司直遷殿中侍御史加度支營田副使此公從政之大略也既佐從事實司中府匪頒有制會計明白嗚呼分閫委政繫公而成務朝右虛位待公而周事宗門期公而光大姻黨仰公而振耀貞元十二年歲在景子正月九日壬寅遘暴疾終于私館享年五十痛矣夫人吳郡陸氏涓仲弟綜季弟續冢姪其等抱孤卽位

孝率備禮。祇奉裳帷。歸于京師。以其年二月二十八日庚寅。安厝於萬年縣之少陵原。禮也。公有男一人。始六年矣。在髫知孝。呱呱涕洟。凡我宗戚。撫視增慟。嗚呼哀哉。初公元兄。以純深之行端直之德。名聞於天下。官至侍御史。持斧登朝。憲章肅清。常以先公之神。未克遷祔。不正席。不廿位。及撰日定期。而昊天不弔。志奪禮廢。公實敬承遺志。行有日矣。而閔凶荐及。不克終事。

則我宗族之痛恨。其有旣乎。惟公盡敬於孝養。致毀於居憂。表正宗姓。覩示他族。故宗人咸曰。孝如方興公。修詞以藻德。振文而導志。以爲禮化之始。莫尊乎堯。作堯祠頌。以爲述德之作。不忘於祖。作始祖碑。以爲紀廣大之志。叙正直之節。不嫌於親。作元兄侍御史府君墓誌。其餘諷詠比興。皆合于古。故宗人咸曰。文如吳興守。當官貞固。確乎不拔。持議端方。直而不苛。故宗人咸曰。正如衛太史。率性廉介。懷貞抱潔。嗣家風之清白。紹遺訓於儒素。故宗人咸曰。清如魯士師。兼備四德。具體而微。公之謂矣。小子常以無兄弟。移其睦於朋友。少孤。遺其孝於叔父。天將窮我而奪其志。故罔極之痛仍集焉。朴魯甚駁不能文字。敢用書宗人之辭以致其直。故質而俚。輟哭紀事。哀不能文。故序而終焉

敘事處整則敘情處悲爭

唐荊川曰文甚緊嚴

王荊石曰其句峻

國子司業陽城遺愛碣

四年五月皇帝以銀印赤紱即隱所起楊公爲諫議大夫後七年廷諍懇至累日不解帝尤嘉異遷爲國子司業旌直優賢道光師儒又四年九月巳巳出拜道州刺史太學生魯郡李儻廬江何蕃等百六十人投業奔走稽首闕下叫閽籲天願乞復舊朝廷重更其事如巳巳詔翌日會徒北嚮如初行至延喜門公使追奪其章遮

杯次崔曰不韻
之銘

道願罷遂不果獻生徒嗷嗷顧盼徘徊昔公之來仁風扇揚暴慠華而柔輭有立聽聞嘉言樂甚鐘鼓瞻仰德宇高逾嵩岱及公當職施政示人準程良士勇善偽夫去傜惰者益勤誕者益恭沉酗腆酒斥逐郊遂違親三歲罷退鄉黨令未及下乞歸就養者二十餘人禮順克彰孝悌以典則又講貫經藉俾達奥義簡習孝秀俾極儒業冠屨裳衣由公而嚴進退揖讓由公而儀

公征甚遐。吾黨誰師。遂相與咨度署吏。布告諸儒。願立貞珉。俾高狀明。乃訪于學古之士。紀公名字。垂憲于後。公名城。字亢宗。家于北平。隱于條山。惟公端粹冲和。高嶷懿醇。道德仁明。孝愛友悌。薰襲里閈。布聞天下。守節貞固。患難不能遷其心。怡性坦厚。榮位不足動其神。爲司諫。義震于周行。爲司業。愛加于生徒。宜乎立石。俾後是憲。其辭曰。

惟兹陽公。履道葆醇。爰初隱聲。覆簣基仁。德充而形。乃作諫臣。抗志厲義。直道是陳。帝求師儒。貳我成均。開朗蒙滯。宣明德教。大和潛布。玄機啓照。羣生聞禮。後學知孝。進退作則。動言是傚。匪公之軌。人用奚蹈。麤厲貪凌。待公順之。欺僞譎詐。待公信之。少年申申。咸適其宜。榎楚廢弛。尊嚴而威。公褒其良。俾升于堂。癯者既肥。榮加袞衣。公棄不用。徵咎内訟。既訟于内、猶公之誨。

匪仁孰親。匪德孰尊。今公于征。孰表儒門。生徒

上言。稽首帝閽。謂天葢高。曾莫我聞。青衿涕濡。

塡街盈衢。遠送于南。望慕踟躕。立石書德。用揚

懿則。嗚呼斯文。遺愛罔極。

情文綷縩

唐荊川曰別調

亡友故秘書省校書郎獨孤君墓碣

嗚呼。有唐仁人獨孤君之墓。祔于其父太子舍人。諱助之墓之後。自其祖贈太子少保諱問俗而上。其墓皆在灞水之左。今王父營陵於其側。故再世在此。嗚呼。獨孤君之道和而純。其用端而明。內之爲孝。外之爲仁。默而智。言而信。其窮也不憂。其樂也不淫。讀書推孔子之道。必求諸其中。其爲文深而厚。尤慕古雅。善賦頌。其要咸

林次崖曰激[illegible]

歸于道。昔孔子之世。有顏回者。能得於孔子。後之仰其賢者。譬之如日月。而莫有議者焉。嗚呼。獨孤君之明且仁。如遭孔子。是有兩顏氏也。今之世。有知其然者。其信於天下乎。使夫人也天而不嗣。世之惑者。猶曰尚有天道。噫乎甚邪。君諱申叔。字子重。年二十二舉進士。又二年用博學宏詞。爲校書郎。又三年居父喪。未練而沒。葢貞元十八年四月五日也。是年七月十日而葬。

以年少而死然其行不聞于世特記其友之氏名亦一格

鄉曰某鄉。原曰某原。嗚呼。君短命。行道之日未久。故其道信於其友。而未信於天下。今記其知君者于墓。韓泰安平。南陽人。李行諶元固。其弟行敏中明。趙郡贊皇人。柳宗元。河東解人。崔廣略清河人。韓愈退之。昌黎人。王崖廣津。太原人。呂温和叔。東平人。崔羣敦詩。清河人。劉禹錫夢得。中山人。李景儉致用。隴西人。嚴休復玄錫。馮翊人。韋詞致用。京兆杜陵人。

子厚之誌文所取者甚少蓋以子厚爲御史及禮部員外時所作大都未免唐以來四六綺靡之遺而謫永州司馬以後則文近于西漢矣故其所爲遊山記與士大夫書并他雜著皆與韓昌黎相頡頏者也讀書者當深思而識之

謝疊山曰唐貞臣以諫死使見一生事業

侍御史周君碣

有唐貞臣汝南周氏。諱某字某。以諫死。塟于某。貞元十一年。柳宗元立碣于其墓左。在天寶年。有以諂諛至相位賢臣放退。公爲御史。抗言以白其事。得死于墀下。史臣書之。公之死而倖者始畏公議。於虖。古之不得其死者衆矣。若公之死。志匡王國。氣震姦佞。動獲其所。斯蓋得其死者歟。公之德之才。洽於傳聞。卒以不試而獨申

胡侍化曰此等議論偉然不凡膾炙人口

其節猶能奮百代之上。以爲世軌。第令生於定哀之間。則孔子不曰。未見剛者。出於秦楚之後。則漢祖不曰。安得猛士而存不及興王之用。沒不遭聖人之歎。誠立志者之所悼也。故爲之銘。

銘曰。

忠爲美。道是履。諫而死。佞者止。史之志。石以紀爲臣軌兮。

一本無兮字

調不入史漢而氣韻亦勁

王荊石曰誄體精工

衡州刺史東平呂君誄

維唐元和六年八月日。衡州刺史東平呂君卒。爰用十月二十四日。藁葬于江陵之野。嗚呼。君有智勇孝仁惟其能可用康天下。惟其志可用經百世。不克而死。世亦無由知焉。君由道州以陟爲衡州。君之卒。二州之人哭者逾月。湖南人重社飲酒。是月上戊。不酒去樂會哭于神所而歸。余居永州。在二州中間。其哀聲交于北南舟

觀一作覩

船之下上。必呱呱然。蓋嘗聞于古而觀于今也
君之志與能。不施于生。人知之者又不過十人。
世徒讀君之文章。歌君之理行。不知二者之於
君其末也。嗚呼。君之文章宜傳於百世。今其存
者非君之極言也。獨其詞耳。君之理行宜及於
天下。今其聞者。非君之盡力也。獨其跡耳。萬不
試而一出焉。猶爲當世甚重。若使幸得出其什
二三。巍然爲偉人。與世無窮。其可涯也。君所居

王荊石曰讚揚新

以上總說以下總入世系次第也

官爲第三品。宜得謚於太常。余懼州史之逸其辭也。私爲之誄以志其行。其詞曰。

麟死魯郊。其靈不施。濯濯夫子。故絜其儀。冠仁服義。干魯書詩。忠貞繼佩。智勇承綦。跨騰商周。堯舜是師。道不勝禍。天固余欺。鬼神不怒。妖夔咸疑。何付之德。而奪其時。嗚呼哀哉。命姓惟呂。勤唐以力。輔寧萬邦。受胙爾國。維師元聖。周以降德。世征五侯。伊祖之則。嗣濟厥武。前書是式。

至于化光。爰耀其特。春秋之元。儒者咸惑。君達其道。卓焉孔直。聖人有心。由我而得。敷施變化。動無不克。推理惟公。舒文以翼。宣于事業。與古同極。道不苟用。資事乃揚。進于禮司。奮藻含章。決科聯中。休問用張。署讐百氏。錯綜逾光。超都諫列。屢皂其囊。帝殊爾能。人服其智。戎悔厥禍。欸邊求侍。盛選邦良。難乎始使。君登御史。贊命承事。風動海壖。皇威以致。來總征賦。甲茲郎吏。

多一作則

制用經邦。時推重器。諸臣之復。周官匪易。漢課殿奏。鮮云能備。君自他曹。載出其技。筆削自任。羣儒華議。正郎司刑。邦憲爲貳。糺佞肅邪。諂諛具畏。遷理于道。民服休嘉。恩踈若昵。惕邇如遐。實閑其閫。而撫于家。載其愉樂。申以舞歌。賦無吏追。威不刑加。浩然順風。從令無譁。谿蠻外邑。我繭盈車。雜耕隣邦。我黍之華。既字其畜。亦藝其麻。鼛鼓斯屏。人喜其多。始富中教。興良廢邪。

考績既成。王用興嗟。陟于嶽濵。言進其律。號呼南竭。謳謠北溢。欺吏悍民。先聲如失。逋租匿役歸誠自出。兼并既息。罷盈乃逸。惟昔舉善。盜奔于鄰。今我興仁。化爲齊人。惟昔富人。或賑之粟今我厚生。不竭而足。邦思其弼。人戴惟父。善胡召災。仁胡罹咎。俾民伊祐。而君不壽。嬌嬌貪夌。乃康乃茂。嗚呼哀哉。廪不餘食。藏無積帛。内厚族姻。外賙賓客。恒是懸罄。逮兹易簀。僮無凶服。

試一作施

塈非舊陌。嗚呼哀哉。君昔與余。講德討儒。時中之與。希聖爲徒。志存致君。笑詠唐虞。揭茲日月。以耀羣愚。疑生所怪。怒起特殊。齒舌嗷嗷。雷動風驅。良辰不偶。卒與禍俱。直道莫試。嘉言罔敷。佐王之器。窮以郡符。秩在三品。宜諡王都。諸生羣吏。尚擁良圖。故友咨懷。累行陳暮。是旌是告。永永不渝。嗚呼哀哉。

王荊石曰嘻笑怒罵覼慨之狀歷歷筆端非昌黎不能作

段太尉逸事狀

太尉始爲涇州刺史。時邠陽王以副元帥居蒲。王子晞爲尚書。領行營節度使。寓軍邠州。縱士卒無賴。邠人偷嗜暴惡者。卒以貨竄名軍伍中。則肆志。吏不得問。日羣行丐取於市。不嗛。輒奮擊。折人手足。椎釜鬲甕盎盈道上。把臂徐去。至撞殺孕婦人。邠寧節度使白孝德以王故。戚不敢言。太尉自州以狀白府。願計事。至則曰。天子

以生人分公理公見人被暴害。因恬然。且大亂
若何。孝德曰。願奉教。太尉曰。某爲涇州甚適。少
事。今不忍人無寇暴死。以亂天子邊事。公誠以
都虞候命某者。能爲公已亂。使公之人不得害。
孝德曰。幸甚。如太尉請。既署一月。晞軍士十七
人。入市取酒。又以刃刺酒翁。壞釀器。酒流溝中。
太尉列卒。取十七人皆斷頭。注槊上植市門外。
晞一營大譟。盡甲。孝德震恐。召太尉曰。將奈何。

太尉曰。無傷也。請辭於軍。孝德使數十人從太尉。太尉盡辭去。解佩刀。選老躄者一人。持馬至晞門下。甲者出。太尉笑且入曰。殺一老卒。何甲也。吾戴吾頭來矣。甲者愕。因諭曰。尚書固負若屬耶。副元帥固負若屬耶。奈何欲以敗亂郭氏。爲白尚書。出聽我言。晞出見太尉。太尉曰。副元帥勳塞天地。當務爲始終。今尚書恣卒爲暴。暴且亂。亂天子邊。欲隨歸罪。罪且及副元帥。今邠人惡子弟。以貨竄名軍籍中。殺害人如是不止。幾日必大亂。大亂由尚書出。人皆曰。尚書倚副元帥。不戢士。然則郭氏功名。其與存者幾何。言未畢。晞再拜曰。公幸教晞以道。恩甚大。願奉軍以從。顧叱左右曰。皆解甲散還火伍中。敢譁者死。太尉曰。吾未晡食。請假設草具。既食曰。吾疾作。願留宿門下。命持馬者去。旦日來。還卧軍中。晞不解衣。戒候卒。擊柝衛太尉。旦俱至孝德所謝不能請改過。邠州由是無禍。先是太尉在涇州。爲營田官。涇大將焦令諶。取人田。自占數十頃。給與農曰。且熟歸我半。是歲大旱。野無草。農以告諶。諶曰我知入數而已不知旱也。督責益急。且饑死無以償。即告太尉。太尉判狀辭甚巽。使人求諭諶。諶盛怒。召農者曰。吾畏段某耶。何敢言我。取判鋪背上。以大杖擊二十。垂死。輿來庭中。太尉大泣曰。乃我困汝。即自取水洗去血。

裂裳衣瘡手注善藥旦夕自哺農者然後食取騎馬賣市穀代償使勿知淮西寓軍帥伊少縈剛直士也入見諶大罵曰汝誠人耶涇州野如赭人且饑死而必得穀又用大杖擊無罪者段公仁信大人也而汝不知敬今段公唯一馬賤賣市穀入汝汝又取不恥凡爲人傲天災犯大人擊無罪者又取仁者穀使主人出無馬汝將何以視天地尚不愧奴隸耶諶雖暴抗然聞言

則大愧。流汗不能食。曰。吾終不可以見段公。一夕自恨死。及太尉自涇州以司農徵。戒其族過岐。朱泚幸致貨幣。慎勿納。及過。泚固致大綾三百疋。太尉壻韋晤堅拒不得命。至都。太尉怒曰。果不用吾言。晤謝曰。處賤。無以拒也。太尉曰。然終不以在吾第。以如司農治事堂。棲之梁木上。泚反。太尉終。吏以告泚。泚取視。其故封識具存。

今之稱太尉大節者。出入以爲武人。一時奮

不慮死。以取名天下。不知太尉之所立如是。宗元嘗出入岐周頒豳間。過眞定北。上馬嶺。歷亭鄣堡戍。竊好問老校退卒。能言其事。太尉爲人姁姁。常低首。拱手行步。言氣卑弱。未嘗以色待物。人視之。儒者也遇不可。必達其志。決非偶然者。會州刺史崔公來。言信行直。備得太尉遺事。覆校無疑。或恐尚逸墜。未集太史氏。敢以狀私於執事。

上荊和口感悲吟淋漓頓迴而讀不厭

祭呂衡州溫文

維年月日。友人守永州司馬員外置同正員柳宗元。謹遣書吏同曹。家人襄兒。奉清酌庶羞之奠。敬祭于呂八兄化光之靈。嗚呼天乎。君子何厲。天實仇之。生人何罪。天實讐之。聰明正直。行爲君子。天則必速其死。道德仁義。志存生人。天則必夭其身。吾固知蒼蒼之無信。莫莫之無神。今於化光之歿。怨逾深而毒逾甚。故復呼天以云云。天乎痛哉。堯舜之道。至大以簡。仲尼之文至幽以默。千載紛爭。或失或得。倬乎吾兄。獨取其直。貫于化。始與道咸極。推而下之。法度不忒。旁而肆之。中和允塞。道大藝備。斯爲全德。而官止刺一州。年不逾四十。佐王之志。沒而不立。豈非修正直以召災。好仁義以速咎者耶。宗元幼雖好學。晚未聞道。洎乎獲友君子。乃知適於中庸。削去邪雜。顯陳直正。而爲道不謬。兄實使然。

嗚呼積乎中。不必施於外。裕乎古。不必諧於今。二事相勘。從古至少。至於化光。最爲大甚。理行第一。尚非所長。文章過人。略而不有。夙志所蓄。巍然可知。貪愚皆貴。險佷皆老。則化光之夭厄。反不榮歟。所慟者。志不得施。蚩蚩之民。不被化光之德。庸庸之俗。不知化光之心。斯言一出。内若焚裂。海内甚廣。知音幾人。自友朋彫喪。志業殆絶。唯望化光。伸其宏略。震耀昌大。輿行於時。

樓迂齋曰此文真与屈宋卜居辭相伯仲而悲憤無聊之情溢于言表

使斯人徒知我所立今復徃矣吾道息矣雖其存者志亦死矣臨江大哭萬事已矣窮天之英貫古之識一朝去此終復何適嗚呼化光今復何爲乎止乎行乎昧乎明乎豈蕩而爲大空與化無窮乎將結而爲光耀以助臨照乎豈爲雨爲露以澤下土乎將爲雷爲霆以泄怨怒乎豈爲鳳爲麟爲景星爲卿雲以寓其神乎將爲金爲錫爲圭爲璧以栖其魄乎豈復爲賢人以續

其志乎。將奮爲明神以遂其義乎。不然。是昭昭者。其得已乎。其不得已乎。抑有知乎。其無知乎。彼且有知。其可使吾知之乎。幽明茫然。一慟腸絕。嗚呼化光。庶或聽之。

陳仁錫曰有此段語便成奇文

又祭崔簡神櫬歸上都文

嘻乎崔公之柩。嘻乎崔公。楚之南。其土不可以室。或坋而頹。或确而崒。陰流泄漏。濊没渝溢。碩鼠大蟻傍。穿側出虧。疎脆薄。久乃自室。不如君之鄉。式堅且密。嘻乎崔公。楚之南。其鬼不可與友。躁戾佻險。聮聊欺苟。脞賤暗胷。輕嚚妄走。不思已類。妍是羣醜。不如君之鄉。式和且偶。日月甚良。予姓甚勤。具是舟轝。寧君之神。去爾夷方。

返爾故隣。奔奔其歸。宜樂且欣。君。死。而。還。我。生。

而。畱。遠。矣殊世。曷從之遊。酹觴于座。與涕俱流

讀之輒潸洟已

ISBN 978-7-5010-6440-3
9 787501 064403 >
定價：260.00圓（全二册）